骨《ほね》喰《ば》み
天保剣鬼伝

鳥羽　亮

幻冬舎文庫

骨喰《ほねば》み　天保剣鬼伝

目次

第一章　白鷺

1

……さァ、さァ、いらはい、いらはい。堂本座《どうもとざ》に上方《かみがた》よりまかりこしましたる白鷺菊之丞《しらさぎきくのじょう》一座の軽業《かるわざ》だよ。ただ今大評判の富士の巻狩《まきが》りに、白鷺《しらさぎ》の舞い。たったの三十と五文だ。さァ、さァ、いらはい、いらはい、お代は見てのお帰りだよ。

諸肌脱《もろはだぬ》ぎの呼び込みが、木戸口でさかんに声を張り上げている。

丸太を組んだ上へ筵張《むしろば》りの小屋がけで、木戸口の上には白無垢《しろむく》の振袖美人が、手傘をかざしながら綱を渡っている絵が描かれ、左右に何本もの幟《のぼり》が風にはためいていた。

幟には、白鷺菊之丞一座と堂本座の文字が見える。

その幟や呼び込みの口上からして、もともとここは堂本座の常設の小屋なのだが、上方から白鷺菊之丞一座を迎えて上演しているらしい。

呼び込みは、その絵を棒の先で指しながら通行人の足をとめ、巧みに木戸口へ誘っていた。

かなりの人気らしく、職人、店者《たなもの》、子供連れの母親、中間《ちゅうげん》、娘連れなどが次々に吸い込まれるように木戸口から中へ消えていく。なかには小粋《こいき》な年増《としま》もいれば、人目を気にしながら入る江戸勤番の藩士らしい武士の姿もあった。

場所は西両国の広小路である。両国橋の西の橋詰《はしづめ》にあり、この頃(天保十三年)江戸でも有数の盛り場として賑わっていた。

浄瑠璃《じょうるり》芝居《しばい》や講釈師《こうしゃくし》の小屋、水茶屋《みずぢゃや》、髪結床《かみゆいどこ》、楊弓場《ようきゅうば》などが所狭しと建ち並び、道端では物売りや大道芸人が声をはりあげて客を引き寄せている。

なかでも堂本座は小屋掛けも大きく幟も賑やかでひときわ目立っていた。

その堂本座を正面に見る大川の川縁《かわべり》に、奇妙な男女のふたり連れが立っていた。

男の方は、大小を差していたが牢人らしく、茶の小袖《こそで》によれよれの黒袴《くろばかま》、無精髭《ぶしょうひげ》がはえ、総髪もざんばら髪のように乱れていた。六尺にちかい魁偉《かいい》な体軀《たいく》で、肌は陽《ひ》に灼《や》けて赭黒《あかぐろ》く、額や頰《ほお》に無数の傷があり、鍾馗《しょうき》のような風貌である。

この男は、両腕に板や立て札のような物をかかえ、刀や槍《やり》、薙刀《なぎなた》、木刀などが入った籠《かご》を背負っていた。

その男のそばにちょこんと立っている女が、男とはまったく対照的で、色白の稚児《ちご》のような顔をした十歳ほどの可愛い小娘である。

しかも、この娘の衣装がまた変わっていた。水色地に藤模様の肩衣《かたぎぬ》に緋の小袴《こばかま》。髷《まげ》は頭頂にちいさな毬《まり》を載せたような唐人髷《とうじんまげ》である。

この奇妙なふたり連れに、往来の人々は好奇の目をくれながら通り過ぎる。なかには、訝《いぶか》しそうな顔をして立ちどまって見つめる者もいたが、牢人ふうの男の厳《いか》つい顔に気圧《けお》されてか、声をかける者はいなかった。

「父上、今日も、堂本座は大入りのようです」

小娘が傍《かたわ》らの大男を見上げながら言った。

どうやら、ふたりは父娘《おやこ》のようだ。

「結構なことだ。……どうやら、堂本座にはお上の禁令もそれほど影響ないようだ」

大男がつぶやいた。

このところ、御改革を叫ぶ幕府からたてつづけに奢侈《しゃし》禁止《きんし》令《れい》が出され、江戸の町は活気がなかった。禁令は風俗全般におよび、女浄瑠璃《おんなじょうるり》や人形芝居《にんぎょうしばい》などが禁じられ、両国広小路でもいくつか小屋をたたんでいたのだ。

「小雪《こゆき》、こっちもそろそろ始めるか」

そう言うと、男は抱えていた板や立て札を足元に置き、背負っていた籠を少し離れた川端の柳の木の下に運んだ。

男は手慣れた様子で、近くに掘ってあった穴に二本の柱を立てると横に板を渡し、かすがいで固定する。その間に、小雪と呼ばれた娘が籠から立て札を持って来て、近くの杭に縛りつけた。

その立て札には、

――腕試《うでだめし》、気鬱晴《きうつばらし》、首代百文也《くびだいひゃくもんなり》。刀、槍、木刀、薙刀、勝手次第《かってしだい》。又、借用ノ者、三十文也。

と記されていた。

男はその立て札のそばに渡された高さ四尺ほどの横板の下にかがみこむと、ぬっと首だけ突き出した。幅、一尺五寸ほどの板の中央が丸く切り取ってあり、そこから首だけ出るようになっているのだ。

男が首を出すと、小雪が手早く白布の端を横板にとめて垂らし、首から下を隠してしまった。あらためて見ると、横板に首だけ載っているようである。

どうやら獄門台《ごくもんだい》の晒首《さらしくび》を真似ているらしい。

そう言えば、立て札は罪状を記した捨札《すてふだ》を模したものであり、晒台《さらしだい》に載っている男の首もいかにも極悪人らしい面構《つらがま》えである。

これですっかり準備はできたらしく、小雪は男にひとつうなずくと跳ねるような足取りで前に出て、甲高《かんだか》い呼び声で客を集めだした。

……首屋！　首屋だよ。さァ、さァ、お客さん、百文出せば、この首を斬るなり突くなり勝手だよ。さァ、さァ、腕試しだよ。いないか。腕に覚えのお方はいないか！

晒台の前で、小雪が飛び跳ねながらさかんに客を呼ぶ。

どうやら、これが父娘の商売らしい。百文出せば、腕試しや気晴らしのため、晒台の生首を斬るなり突くなり勝手次第ということのようだ。

……得物《えもの》は、刀、槍、薙刀、なんでもござれだ。お望みの方には、三十文でお貸ししますよ。

小雪は柳の木の下の刀槍、薙刀などの入った籠を指差しながら、声高《こわだか》に喋《しゃべ》った。

まさに、珍商売である。この男が生きているからには実際に斬られたり、突かれたりしたことはないのであろうが、それにしても、どのような仕掛けになっているのか……。

小娘の身装《みなり》と晒台の生首の奇妙な取合わせに、通行人の足がとまり、すぐに人垣ができたが、なかなか前に進み出る者がいない。父娘の商売を知っている者は口元に笑いを浮かべているし、初めて目にする者は戸惑ったような表情を浮かべて、お互いの顔を見合っている。

「いないのか！　腕に覚えの方はいないのか」

しだいに、小娘の声に苛立《いらだ》った響きがくわわってきた。

父娘をとりかこんでいる人垣は、大工、職人、店者《たなもの》など町人がほとんどだが、なかには武士の姿もある。

しばらく経《た》つと、困惑したような表情で小雪と晒台の生首に目をやっていた見物人も、ひとり、ふたりと人垣から離れだした。生首を斬るなり突くなり、挑戦する者がいなければ観《み》ていても仕方がないのである。

そのときふいに、人垣が割れ、若い女が前に進み出て、

「わたくしに、試させてくださいませ」

と、思いつめたような顔で言った。

その女の後から、従者らしい老人が慌てて走り出て、何もこのようなところで、なさらずとも、と言いながら若い女を引きとめようとした。

老僕は士分らしかったが、股引《ももひき》に手甲脚半《てっこうきゃはん》の草鞋《わらじば》履きで腰に長脇差を差していた。すでに五十の坂を越えていようか、赤銅《しゃくどう》色の肌に老人特有の肝斑《しみ》が浮き、細い目をしょぼしょぼさせている。

娘の方は十六、七歳と思われる武家の娘だった。何か事情があって老僕をひとり連れ長旅をしてきたようだ。着物の裾を帯に挟み、脚半に草鞋履きで、手には菅笠《すげがさ》を持っていた。髪は根結《ねゆ》い垂髪《たれがみ》で、色白の肌が陽に灼《や》け鼻筋や額がほんのりと赤く染まっている。化粧もせずに身装《みなり》も埃《ほこり》にまみれていたが、鼻筋のとおった端麗な顔立ちで凛然《りんぜん》としたものをただよわせ

ていた。

娘は老僕の耳元で何やらささやくと、意を決したように晒台の前に立った。

見物人の中から、一度どよめきのような声が起こったが、すぐに息を飲んだように静まりかえった。

「お姉さんが、やるのかい」

小雪はちょっと驚いたような顔をしたが、すぐに娘のそばに歩み寄って質《ただ》した。

「はい」

娘の目差《まなざ》しは真剣そのものだった。

「お試し料が百文、それに、得物《えもの》は三十文だよ」

小雪はチラッと柳の下の籠に目をやった。娘は胸に懐剣を帯びていたが、短刀で挑むとは思わなかったからだ。

「拝借いたします」

娘はそう言うと、胸から財布を取り出し、小雪のちいさな掌《て》に銭を握らせた。

手早く、娘は袂《たもと》から細紐を取り出し両袖を絞った。袖口がたくし上げられ、白い二の腕が露《あらわ》になると、見物人から歓声がわきあがった。いつ集まったのか、三重、四重の人垣ができ、驚きと好奇の目を娘にそそいでいる。

娘は見物人の方には目もくれず、つかつかと籠に歩み寄ると、木刀を手にしてもどってきた。その顔は蒼《あお》ざめ、悲壮感がただよっている。どうやら、何か特別な事情がありそうだ。

2

晒台の首が、ギョロリと目を剝《む》いて前に立った娘を見た。一瞬、その顔に戸惑ったような表情が浮いたが、すぐに消え、獄門《ごくもん》首のように両眼をカッと瞠《みひら》いたまま瞼《まぶた》ひとつ動かさなかった。

「美里《みさと》と申す者にございます」

娘はちいさな声で名乗ると、正面の晒首に一礼した。

顔はこわばっていたが、その黒瞳《こくとう》にはかたい決意を示すような強いひかりが宿っていた。その真剣な顔容《かんばせ》を見れば、思い付きや酔興で腕試しをしようとしているのではないことが一目で知れる。

「拙者、首屋でござる」

晒首の厚い唇が動き、ぼそっと低い声で応じた。

「ご無礼とは存じますが、首屋どののお手並、試させていただきとうございます」

美里の声はすこし震えていた。

だが、しっかりと晒台の首の目を見つめ、右手で木刀を一振りすると、切っ先を首の額あたりにつけて青眼《せいがん》に構えた。多少女らしいぎごちなさはあるが、剣術の心得はあるらしく、腰が据わり切っ先にも気勢《きせい》がこもっていた。

「いざ！　参ります」

娘は甲高い声でそう発すると、大きく一歩踏み込んで木刀を上段に振りかざした。

「参られよ」

晒台の男は両眼を瞠いたまま、眉根《まゆね》ひとつ動かさない。

娘は間合《まあい》をはかるように草鞋履きの右足をわずかに前に出すと、エイ！　という気合もろとも晒台の首めがけて打ち下ろした。

ヒラリ、と娘の袖がひるがえり、木刀の大気を切る音が聞こえた。

打たれた！

と誰もが感じた瞬間、フッ、と晒台の首がかき消えた。次の瞬間、バンという横板をたたく激しい音がし、木刀が跳ね上がった。

アッ！　と声を発し、娘は驚愕《きょうがく》の表情を浮かべて二、三歩退くと、一瞬、間《ま》を置いて、ヌッ、と首が晒台からあらわれた。

男の顔は娘を見つめたまま無表情である。どうやら、この男は木刀が頭頂に打ち下ろされる瞬間に、首を台からひっ込めたらしい。

男が余裕を持って首をひっ込めていれば、娘は木刀をとめたかもしれぬし、振り下ろしたとしても間の抜けたやり取りに映ったはずである。

だが、娘が木刀を振り下ろした瞬間、見物人の中から悲鳴のような叫びが起こったし、誰の目にも、打たれた！　と見えたのである。

寸前まで、男は木刀を引きつけておいて、一瞬のうちに首を引いて打撃から逃れたのだ。恐るべき迅業《はやわざ》だった。

男が首を出し、一瞬間を置いてからパラパラと手を打つ音が見物人の間からおこった。感嘆の声があちこちで聞こえ、人垣が急に騒がしくなった。

そのとき、何を思ったか、いったん退いた娘が急いで晒台のそばに走り寄ると、地面に座り両手をついた。その娘の背後でことの成り行きを見守っていた老僕も、慌てて娘の背後に両膝をついて平伏した。

「やはり、島田《しまだ》宗五郎《そうごろう》さまに相違ありませぬ」

娘はそう言って、真《ま》っ直《す》ぐ晒台の首を見上げた。

「い、いや、それは……」

晒首の男は、とまどったように顔をゆがめた。

「島田さま、陸奥《むつ》、彦江藩《ひこえはん》家臣、高山清兵衛《たかやませいべえ》が娘、美里にございます。お手並を知るためとはいえ、ご無礼のほど、お許しいただきとうございます」

と深々と頭を下げた。

背後で従者が声を震わせながら、高山家にお仕えする戸沢八右衛門《とざわはちえもん》でございます、と名乗った。

「彦江藩……」

一瞬、島田宗五郎と呼ばれた男の顔がこわばった。

「ご懸念はもっともでございます」

美里が言った。

「小出家《こいで》の所縁《ゆかり》の者か」

「いえ、小出家とはかかわりはございませぬ」

「…………」

宗五郎は美里の心底を探るよう見つめていた。

「われらふたり、ゆえあって上府いたしました」

美里は小声だが、はっきりと言った。真っ直ぐ宗五郎を見返したその双眸《そうぼう》には、毅然《きぜん》としたひかりがあった。

「まず、そのお手をお上げくだされ……」

宗五郎は、慌ててそのまま立ち上がろうとしたらしく、横板に両肩をぶっつける大きな音がした。そして、いそいで首をひっ込めると、横板の後ろからよれよれの黒袴をバサバサさせながら出てきた。

「美里どのと申されるか、このような場所で。ともかく、お手を……」

宗五郎の鍾馗のような顔が、紅潮して茹《ゆ》でたように赭く染まっている。

その慌てた様子がおかしかったのか、見物人の間からどっと笑いがおこった。見ると、その場を去る見物人はなく、さっきより人数が増えている。思わぬ展開に、興味をひかれたのであろう。ふだんは、晒台から三、四間離れたところで人垣をつくるのだが、座した娘と老人のすぐ背後まで人波が迫ってきていた。

「おい、小雪、今日の商売はここまでだ」

宗五郎は人波を追い散らすように大声をだした。

3

「まず、ご事情を聞かせていただこうか」

宗五郎は美里と八右衛門を、人通りの少ない大川端に連れて行った。

眼前に大川の川面《かわも》がひろがり、春の陽光をはねて金砂を撒《ま》いたようにキラキラと輝いていた。さかんに、猪牙舟《ちょきぶね》や荷を積んだ茶舟《ちゃぶね》などが行き来していたが、大声さえださなければ、他人に聞かれる心配はなかった。

宗五郎は彦江藩の元家臣だった。藩の政争にまきこまれ上役を斬って出奔《しゅっぽん》していたのだが、江戸に出てからすでに七年も経っている。

彦江藩にいた当時、高山家は二百五十石の上士で、高山清兵衛が大目付の要職にいたことは宗五郎も知っていたが、面識はなく当然美里を見るのも初めてだった。

彦江藩の大目付とは家老の下で藩士の勤怠を監視する役だが、それだけではなく、家老の補佐役として藩政の中枢を担う重職でもあった。当時馬廻《うままわり》役三十五石の軽輩だった宗五郎にすれば、気安く口などきけない上司であったのだ。

「昨年の暮、父、清兵衛が何者かに斬殺され、無念の最期をとげました」

美里は頭《こうべ》を垂れ、込み上げてきた感情に耐えるように唇を強くむすんだ。

「………！」

「下城の途上、青柳橋《あおやぎばし》のたもとで覆面をした者の手で一太刀に……」

「青柳橋でござるか」

宗五郎は目を細めて遠方を見るような表情を浮かべた。遠い故郷のことが脳裏をよぎったのだ。

青柳橋は城下を流れる百瀬川《ももせがわ》にかかっている橋で、宗五郎も川の土手地にある馬場や厩《うまや》への行き帰りに渡っていたのだ。その故郷の橋の名が、宗五郎に昔のことを懐かしく思い出させた。

「父を討った者を見た者はおりませんでしたが、その刀傷から敵《かたき》の名はすぐに知れました」

美里は顔を上げて、宗五郎を見た。

「刀傷から」

「はい、左肩口より袈裟《けさ》に一太刀。胸の骨が截断《せつだん》され、獣《けもの》の牙のように露出してございました」

「……………！」

尋常な太刀ではない、と宗五郎は直感した。袈裟がけに斬り下ろして、肋骨《ろっこつ》を截断するには相当の膂力《りょりょく》と鋭い太刀筋《たちすじ》が必要である。

「さらに、夜陰のため姿は目撃されませんでしたが、ちょうど近くを通りかかった町人が、野犬が骨を喰《は》む呻《うめ》き声が聞こえる直前、異様な物音を聞いております。その者の申すには、ような音だと」

「骨を」

「はい、父を斬ったときの音だったということでございます」

「されば、骨喰《ほねば》みの剣か！」

宗五郎が声をあげた。

「はい、ご推察のとおり、父を斬った者は骨喰みの剣の遣い手でございます」

「……佐竹鵜之介《さたけうのすけ》か」

「はい、父の敵は佐竹に相違ありませぬ」

会ったことはなかったが、佐竹鵜之介のことは知っていた。

佐竹家は五十石の徒組《かちぐみ》だった。鵜之介は次男の冷や飯食いだったが、城下の無念流の益子《ますこ》道場に通い、二十歳ごろには師範代も超えるほどになり、藩内で一、二を争う腕だろうと噂されていた。

だが、鵜之介は粗暴で残忍な男だった。ささいなことで、同門の者を斬り殺し益子道場を破門され、家を出た。その後は、今里町《いまりちょう》という料理屋やいかがわしい売女《ばいた》を置いた飲み屋などが軒を連ねる通りに入り浸って、用心棒や売女のひものようなことをして暮らしていたらしい。

その鵜之介の遣うのが、骨喰みの剣だった。

骨喰みの剣は、相手の肩口から袈裟に斬り込み、その激しい斬撃は肋骨を截断し、脇腹《わきばら》まで斬り下げるといわれていた。その刀身が肋骨を断つとき、一瞬聞こえる骨音が、獣が骨を喰むときの音を思わせるという。それで、骨喰みの剣と呼ばれていた。

骨喰みの剣は、無念流にある刀法ではなく、鵜之介が道場にいる頃から独自に工夫したもののらしいが、宗五郎はどのような刀法なのかくわしくは知らなかった。むろん、対戦したこともない。

「何ゆえ、佐竹は高山どのを斬った」

覆面をして襲ったということは、喧嘩《けんか》や通りすがりの諍《いさか》いが原因ではないはずだ。

「分かりませぬ。父はあまりお役目のことは話しませんでしたし、他人に恨まれていたような噂を耳にした覚えもございませぬ」

「うむ……」

暗殺か、と思ったが、宗五郎はそれ以上は聞かなかった。郷里を出奔してからの七年の歳月が、宗五郎に遠い他国の出来事のように思わせたのだ。

それに、いまさら藩内の揉《も》め事に首をつっこめる立場でもなかった。

「そして、兄が逃れようとする佐竹を国境《くにざかい》まで追いましたが……」

そのとき、美里の体が急に顫《ふる》えだした。

無念そうに顔をゆがめながら、兄、圭一郎《けいいちろう》はふたりの中間ともども返り討ちにあった、と美里は声をつまらせながら言った。双眸に悲憤の涙が浮き、ひかりをおびて黒く潤んでいる。

「………」

宗五郎は黙って聞いていた。

小雪は川端の石垣に腰を落とし、食い入るように美里と老人を見つめている。

「残されたのは、年老いた母とわたくしだけでございます。……すぐに、御奉行に敵討ちを願い出、許された後、佐竹の行方《ゆくえ》を探しましたが、すでに領内を出ておりました。その後、佐竹が江戸にいるのを見たとの勤番の方よりの報《し》らせで、こうして八右衛門を連れ上府して参ったしだいでございます」

「うむ……」

美里が女ながらに江戸に来た理由は分かった。残された美里は、父と兄の敵を討ち家を再興せねばならぬ立場にたたされたのだ。

だが、宗五郎の胸には、

（なにゆえ、このおれを頼ってきた）

との疑念が湧いた。

宗五郎は、ただの敵討ちではない、と直感的に思った。そして、なぜかこの敵討ちの背後に深い闇があり、その闇は宗五郎の自身の暗い過去とつながっているような気がしてならなかった。

4

「なぜ、拙者のところへ」

宗五郎は、まずそのことを訊《き》いた。

実のところ、宗五郎自身が彦江藩の者に敵として狙《ねら》われる身だったのだ。

七年前、彦江藩はたびかさなる飢饉と疫病の流行のため領地は疲弊し、表高《おもてだか》は四万八千石だったが、実入りは三万石にも満たなかった。

当然、財政は逼迫《ひっぱく》し、藩の執政者たちは財政立て直しと領地復興のための改革案を練った。ただ、藩主の摂津守忠邦《せっつのかみただくに》がまだ十七歳と若く家督を継いで間がなかったこともあり、藩政は数人の主だった重臣の手に握られていた。

ところが、その改革案をめぐって、藩政がふたつに割れた。開墾と倹約で領地を復興しようとする改革派と、藩内の富商からの借入れと家臣の石高に応じて役金を賦課《ふか》して財政難を乗り切ろうとする門閥派とで対立したのである。

当然、対立の裏にはその後の藩政を掌握するための争いがあり、両派に与《くみ》した多くの者には己の将来の浮沈がかかっていた。

宗五郎は、門閥派だった郡奉行《こおりぶぎょう》の真鍋主水《まなべもんど》に仲間にくわわるよう誘われた。三十五石、馬廻役の軽格である宗五郎に声がかかったのには理由があった。藩内では名のとおった真抜流《しんぬきりゅう》の遣い手だったからである。

刺客として宗五郎を利用しようとした真鍋から、

「そこもとの腕で、小出門右衛門《かどえもん》を斬ってくれ」

と密《ひそ》かに依頼された。

小出は御徒士頭《おかちがしら》で、改革派の急先鋒と目されていた男だった。くわえて、無念流の手練《てだれ》としても名が知られ、門閥派の重臣たちがもっとも恐れていた男だったのである。

当初、宗五郎はこの依頼を断ったが、斬ってさえくれれば、十両出そう、それに、十五石の加増を約束する、との申出を受諾した。

このとき、宗五郎は妻の鶴江《つるえ》と三つになったばかりの小雪との三人暮らしだったが、鶴江が労咳《ろうがい》で長く患い、薬代のため借金がかさんで明日の米にも困る有様だったのである。宗五郎にとっては、藩の行く末より親子三人の当座の暮らしの方が大事だったのだ。

宗五郎は無念流と真抜流の他流試合の名目で挑戦状をとどけ、領内の一本松と呼ばれる河原に小出を呼び出して斬った。

だが、藩内ではその斬り口から宗五郎の手による暗殺との噂が流れ、小出家の者や無念流一門から命を狙われることになった。

そんな折、鶴江が、病のため夫を兇徒にまで追いつめてしまった、このうえは死をもって償いたい、との遺書を残して喉《のど》を脇差で突いて果てた。

小雪ひとりを残された宗五郎は、鶴江を埋葬したその足で幼子を背負って逐電《ちくでん》した。

江戸に出た父娘《おやこ》は、わずかな所持金も使い果たし、両国広小路の石垣に腰を下ろして途方に暮れているとき、

「その腕を生かして、ご自分の手で銭を稼いでみてはどうです」

と、堂本竹造《どうもとたけぞう》という男に声をかけられた。

堂本は小屋掛けの堂本座の座頭《ざがしら》だけでなく、両国、浅草、本所周辺の多くの大道芸人を配下におく元締めでもあった。

その堂本の発案で、両国広小路で首屋なる珍商売を始めて六年余の歳月が経った。年とともに江戸での生活に馴染《なじ》み、武士を捨て芸人として気ままに暮らすのも悪くはないと思いはじめていた。

ただ、ひとり娘の小雪の将来が気がかりだった。一生芸人の娘として、生きさせるのはあまりに不憫《ふびん》である、できれば相応の武家に嫁がせてやりたい、と父親として娘を思う気持はあったが、そのままずるずると江戸での暮らしがつづいていた。

そうした折、思いもかけぬ暗殺の手が宗五郎のもとに伸びてきた。突如《とつじょ》、暗殺者が江戸にあらわれたのである。

暗殺者の依頼主は、小出家や無念流一門ではなく、小出の斬殺を依頼した真鍋主水だった。

宗五郎の出奔後、彦江藩は藩主摂津守の強い要望もあって、改革派の提唱する案が採択され、多くの門閥派は執政の座から退いたが、政変をたくみに泳ぎ渡った真鍋は小出の後の御徒士頭におさまって江戸に出ていたのだ。

その真鍋が、宗五郎の口から、小出の暗殺の真相がもれるのを恐れて、刺客を放ったのである。

宗五郎はこの刺客と真鍋を堂本座の者と力を合わせて討った（幻冬舎文庫『首売り』）。

そのため、宗五郎が美里の口から彦江藩の名を聞いたとき、まず、国許《くにもと》からの追っ手、あるいは刺客、との思いがよぎったのだ。

だが、美里も宗五郎の立場は知っていたらしく、即座に他家とのかかわりはない、と否定した。

宗五郎は美里が嘘を言っているようにも見えなかったので、事情を聞くと、美里自身が父と兄の敵を追って江戸へ来たというのだ。しかも、敵は骨喰みの剣を遣う無念流の遣い手、佐竹鵺之介だという。

「上府にあたり、国許の青木伸次郎《あおきしんじろう》さまが、女の腕では佐竹は討てぬ、島田さまにおすがりしてみろ、と仰せられ、まことに不躾《ぶしつけ》ながら藁《わら》をもすがる思いで、こうして訪ねて参ったしだいでございます。島田さま、なにとぞ、お力添えのほどを……」

美里は声を震わせて訴えた。

宗五郎を見つめたその顔には、女ながらに敵を討とうと決意した必死の思いがあらわれていた。真っ直ぐ宗五郎を見つめた黒瞳《こくとう》に、他人をたぶらかそうとするような狡猾《こうかつ》な色は微塵《みじん》もなかった。

「し、しかし、拙者は国を捨て、今はこのような身……」

宗五郎は顔を赤らめ、思わず美里から視線をはずした。敵討ちの助勢どころではない。こっちが敵として狙われている身なのだ。

それに、いまは首屋という芸人で、彦江藩士としての忠誠心はうしなっている。

「青木さまより、島田さまが国を出られた経緯と、一昨年江戸勤番のおり、両国広小路でそのお姿を見かけたとのお話をお聞きしました。それで……」

美里は青木とは遠縁にあたると言った。

「そうか、青木からこっちの事情は聞いたか……」

青木のことはよく知っていた。

少年のころから真抜流の道場で腕を競った仲であった。七年前の出奔に際し、無念流一派と小出家の者がおぬしの命を狙っている、と教えたのもかれだったのだ。

「あのように、拙者の腕を試したのは」

宗五郎が訊いた。

「島田さまのお顔は存じませんでした。そのことを青木さまに申し上げますと、島田さまかどうか確かめるには、その腕を見るのが早い、真抜流では右に出る者がいない遣い手ゆえ、試されるがよい、と仰せられたので、ご無礼とは存じながら、あのようなことに……」

美里はかすかに頬を赤らめて視線を川面に転じた。

すぐ、目の前を深川あたりの芸者らしい黒羽織姿の女を乗せた猪牙舟が、水面を滑るように下っていた。

「…………」

それで、事情は飲みこめたが、はて、どうしたものか、と宗五郎は迷った。

この娘に助勢するいわれはない。それに、いまは故郷を捨て首屋などという大道芸で糊口《ここう》をしのいでいる身である。いまさら、国許の者とかかわりを持ちたくもなかった。

(だが、この娘をこのまま突き放すのも不憫《ふびん》だ)

との思いも、宗五郎の胸にはあった。

それに、美里の話に納得はしたものの、ただの敵討ちではない、との疑念も払拭《ふっしょく》しきれないでいた。

佐竹が無念流の遣い手であることも気になった。青木や美里が、小出家の縁者や無念流一門に荷担しているとは思えなかったが、勘繰れば、佐竹に自分を討たせるために敵討ちを装った策謀ととれなくもない。

宗五郎が迷っていると、脇から小雪が口をだした。

「お姉さん、今夜どこへ泊まるの」

「い、いえ、宿はまだ……」

美里は食い入るように見つめている小雪に、戸惑ったような微笑を浮かべた。

「それなら、あたしの長屋へおいでよ」

そう言うと、小雪は美里の手をとった。そして、首を宗五郎の方に捻《ひね》り、父上、いいでしょう、と言って、引っ張っていこうとした。小雪は遠方より訪ねてきた姉のような美里のために、手助けをする気になっているようだ。

それにしても、小雪の顔は真剣である。あるいは、色白の美里の顔に母の面影でも重ねて見たのかもしれない。

そう思ってみれば、白く透きとおるような肌やほそい顎《あご》など、死んだ鶴江に似たところがあった。

「まァ、いいが……」

駄目だとは言えなかった。

宗五郎にも迷いがあった。彦江藩を逐電し芸人の生活をつづけているとはいえ、武士としての己を捨てきれないでいた。敵討ちの助勢はともかく、武士として頼まれると、無下《むげ》にことわれない気持もあったのである。

だが、困ったことがあった。宗五郎の住居《すまい》は棟割り長屋である。長屋としては広い造りだが、六畳と四畳半の寝間があるだけである。しかも、ただの長屋ではない。豆蔵長屋《まめぞうながや》といって、堂本座の大道芸人や小屋掛けの芸人だけが住んでいる一風変わった所なのだ。

（武家の娘が、住めるような長屋ではないぞ）

と、宗五郎は思った。

そんな宗五郎の困惑をよそに、小雪はその気で美里を引っ張っていく。

八右衛門が長旅で陽に灼《や》けた顔をくずして、まことに有り難いことでございます、とつぶやきながら、あたふたとふたりの女のあとを追った。

5

「ねえ、旦那、いったいどういう女なのさ」

ろくろの初江《はつえ》が、なじるような目で宗五郎を見上げた。

初江は堂本座のちかくにある見世物小屋で、ろくろ首の首役《くびやく》をしている女である。二十歳を過ぎた年増《としま》だが、色白のうりざね顔でなかなかの美人だった。

ろくろ首は胴役と首役に分かれていて、首役の者は黒幕の切れ目から首だけ出し、顎に喉《のど》首《くび》に見せた布をぶらさげてせり上がるのだが、細面《ほそおもて》の美形がいい。見物人の目を顔にひきつけ、凄愴《せいそう》さを煽《あお》るのだ。

初江はその顔に似合わず、蓮《はす》っぱなもの言いで宗五郎に迫った。

「い、いや、なに、故郷《くに》のな、知り合いの娘で、今夜の宿がないというので……」

宗五郎は言葉につまって、鍾馗のような顔を赭黒《あかぐろ》く染めた。

初江は豆蔵長屋の宗五郎の部屋の真向かいに、お峰《みね》という年老いた母親とふたりで住んでいる。

六年前、宗五郎が両国広小路で首屋を始めたとき、客寄せ役を初江がやっていたのだが、酔った勢いで抱いてから半分夫婦のような関係がつづいていた。

「宿が見つかるまでな、ほんの二、三日でいい……」

宗五郎は、堂本に頼んで長屋の空き部屋に住まわせるつもりだったが、落ちつき先が決まるまで初江のところへ、自分だけ泊めてくれるよう、頼みに来たのだ。

宗五郎の住居は二間あったが、部屋の境目の障子はなく、枕屏風《まくらびょうぶ》が立ててあるだけなので一間と同じだった。

小雪は寝間に使っている四畳半の部屋に美里といっしょに寝ると言い張って、屏風を移動してさっさと夜具を並べてしまったが、土間のつづきの座敷に八右衛門を寝せると宗五郎の場所がない。

「まさか、若い娘を引っ張りこんで、あたしを捨てるつもりじゃないでしょうね」

初江は悋気《りんき》をおこしたのか、目尻《めじり》がつり上がっている。

「な、何をいう。初江、よォく考えてみろ。そんな気があったら、あの爺《じい》さんをここに寄越して、おれがあの座敷に寝るだろうが」

「だってさ……」

「娘を引っ張りこんで、外に泊めてくれという男がいるか」

「……まァ、そうだけど」

やっと、初江のつり上がった目尻が下がってきた。

「小雪がな、なついてしまってな。ふたりで寝るといって、きかんのだよ。おれの割り込む隙《すき》はないぞ」

「そうなの」

「そ、それにな、今夜あたりどうかなと、思ってな。初江ともだいぶごぶさたしておるしな……」

宗五郎は急に声を落として、初江の耳元でささやいた。

「ば、ばか、何考えてんのよ。おっかさんがいるでしょう」

初江は顔を赤くして慌てて言ったが、まんざらでもないらしく、目を細めて肩先を宗五郎の胸にあずけるように近寄ってきた。すっかり機嫌はなおったらしい。

そのとき、熱くなった宗五郎の頭に冷水でもぶっかけるように、初江、だれか来たのかい、と奥の座敷から、お峰の嗄《しゃが》れ声が聞こえた。

ビクン、と宗五郎は背筋を伸ばし、初江の尻の方に伸ばした手をひっこめた。

「ほら、おっかさんが気にしてるじゃないのさ」

「き、聞こえたかな」

「聞こえやしないよ、耳は遠いんだから。でもね、こういうことは、気配で感じるものなのよ」

そう言うと、初江は上がり框《がまち》から座敷へ上がり、奥の座敷へいって母親と何やら話したようだ。

「おっかさんにはうまく話したから、旦那はこっちの座敷に寝ておくれ」

初江は、あたしはおっかさんとふたりで奥に寝るから、と付け足した。

初江の住居も宗五郎のところと同じ造りになっている。六畳と四畳半だが、仕切りには襖《ふすま》があって、二間が区別されていた。

「それでは、やっかいになるかな」

宗五郎は腰の刀を鞘《さや》ごと抜いて、上がりこんだ。

「今夜、あたしの方からいくからさ……」

初江はすばやく宗五郎の腰に手を伸ばし、甘えたような声で耳元で囁《ささや》くと、あたふたと奥の部屋へ駆けこんだ。

その夜、まだ夜具を出すにも早い五ツ（午後八時）すこし前、突然、おもての露地を慌ただしく走る足音がし、雨戸が激しくたたかれた。

「旦那！　首屋の旦那は、ここですかい」

慌てたような男の声がした。

「だれだ」

「に、にゃご松で……」

「いま、開けますよ」

声を聞きつけて、奥の座敷から出てきた初江が先に応えた。

この男、本名は松蔵というのだが、長屋では鮑《あわび》のにゃご松と呼ばれている。奇妙な名だが、この男は猫の目鬘《めかずら》（面）を被《かぶ》って法衣《ほうい》に白脚半《しろきゃはん》で、鉄鉢《かなばち》のかわりに鮑の殻を持ち、猫小院《ねこういん》（回向院《えこういん》とかけている）から来たといって托鉢《たくはつ》して歩いている。

これも大道芸のひとつなのだが、江戸には変わり者がいて、洒落《しゃれ》がおもしろいといって銭をくれる。

「何があった」

宗五郎が訊いた。

「か、火事だ！」

にゃご松はよほど急いで走ってきたと見え、一声叫ぶと目を剝いてハアハアと荒い息を吐いた。

「どこが、火事なんだ」

「ど、堂本座の小屋が、……頭《かしら》が、長屋の連中を、連れて来い、と」

「なに！　小屋だと」

ガラリ、と雨戸を開けて、外に宗五郎が飛び出した。

にゃご松さん、流しで水を飲んどくれ、と言い置いて、初江も外に飛び出す。

だが、両国広小路のある方角に、火の手は見えなかった。長屋の屋根の向こうに、黒々とした江戸の家並が見えるだけである。

静かな星空だった。火事を知らせる半鐘の音も、それらしい騒ぎも聞こえてこない。

ただ、にゃご松が初江の住居に来る前に、何人かに知らせたらしく、長屋のあちこちから人声や慌ただしく雨戸を開け放つ音などが聞こえた。

「おい、にゃご松、まちがいなく火事なのか」

水を飲んで出て来たにゃご松に、宗五郎が訊いた。

「へい、あっしが居たときに小屋の後ろから火が出て、一座の者が総出で消しにかかりやした。座頭が、すぐに、豆蔵長屋の連中を連れてこいといいやしたので。講釈長屋《こうしゃくながや》には、手車《てぐるま》の三助《さんすけ》が走ったはずですぜ」

手車というのは、別名吊《つ》り独楽《ごま》ともいい、今のヨーヨーである。

手車の三助は堂本座のちかくで口上を述べながら子供を集め、手車を実演しながら売っている男で、これも堂本の配下である。

また、講釈長屋というのは回向院のちかくの相生町《あいおいちょう》にあり、これも堂本座の芸人が住んでいる長屋だった。

当初、堂本座の芸人は堂本が管理する茅町《かやちょう》の長屋に住んでいたが、人数が増え住みきれなくなったので、相生町に別の長屋を建て、講釈師だった倉西彦斎《くらにしひこさい》という男を大家にして管理させていた。

また、堂本はそのとき茅町の方の長屋も豆蔵の米吉《よねきち》という男に大家をやらせ、自分は浅草元鳥越町《もととりごえちょう》に家を建てて引っ越した。

それで、茅町の長屋を豆蔵長屋といい、相生町のそれを講釈長屋と呼んでいる。

豆蔵というのは、滑稽な話術とかんたんな手品の芸で銭をもらう大道芸人であり、講釈師は辻や葦簀《よしず》張りの小屋で太平記などを聞かせ銭をもらう話芸である。

「宗五郎さん、ともかく、長屋の者を連れて行きやしょう」

米吉が宗五郎のそばに駆け寄って言った。

米吉は、堂本座の発足当時から堂本の右腕として一座をもりたててきた男で、すでに老齢で白い鬢《びん》が夜陰に浮き上がったように見えていたが、声には張りがあった。

すでに、六、七人の男たちがふたりの回りに集まっていて、米吉の声にいっせいにうなずいた。

羽織袴《はおりはかま》姿の居合《いあい》の源水《げんすい》。赤褌《あかふんどし》に半纏《はんてん》を羽織った巨軀《きょく》の男は、ひとり相撲の雷為蔵《かみなりためぞう》。顔をこわ張らせてつっ立っているのは剣呑《けんのみ》の長助《ちょうすけ》、頭の半分が総髪で半分は月代《さかやき》をすっている男は片身変《かたみが》わりの半兵衛《はんべえ》……。

奇妙な扮装の男たちが続々と集まってきてふたりをとりかこむ。女子供は、男たちの後ろで、不安そうな顔を米吉や宗五郎に集めていた。

みな長屋に住む芸人たちとその妻子だが、大家族のように結びついている。

「女子供は、長屋に残れ！　男たちは、小屋へ行く」

米吉が大声を張り上げた。

オオッ、と声をあげて、男たちがいっせいに走り出した。その背に、後に残る女子供たちが励ましの声をかける。

「初江、小雪と客人を頼むぞ」

宗五郎も着物の裾をめくりあげ、尻《しり》っ端折《ぱしょ》りすると、かたわらに立っている初江に言い置いて走りだした。

「旦那、いっといで！」

初江が飛びつくような声で応えた。

6

宗五郎たちが長屋を出る一時《いっとき》（二時間）ほど前、暮色につつまれ始めた堂本座は最後の演目をむかえていた。

小屋の中にはぎっしりと観客がつまり、熱気と興奮が充満している。板張りの一段高くなった舞台の四隅に燭台が点《とも》され、闇につつまれはじめた場内から浮き上がったように見えていた。

——さァて、御覧のお客さまがた、いよいよ白鷺菊之丞一座の誇りまする最後の大出し物、白鷺菊之丞と生駒大助《いこまだいすけ》の演じまする、白鷺の舞いにございまする。白鷺の化身か、はたまた、天上より舞い降りた艶《あで》やか天女のお姿か、とくと御覧くだされい！

口上と笛太鼓のお囃子《はやし》にあわせて、純白の小袖に白のたっつけ袴、島田髷に金簪《きんかんざし》、手に銀色の扇子を持った女装の若者が、軽快な足取りで舞いながら姿をあらわした。雪のように白い肌、切れ長の目、細い唇。目を見張るほどの美形である。

これが白鷺菊之丞だった。

菊之丞につづいて、黒ずくめの男があらわれた。黒小袖に黒のたっつけ袴、手甲脚半《てっこうきゃはん》も黒である。この肌の浅黒いがっちりした体軀の男が、生駒大助で、長さ三間もあろうかと思われる青竹を手にしていた。

舞台の中央に立った菊之丞が、両手をいっぱいに広げると、パッと両腕から幾筋もの銀色の細布が垂れ下がり、翼を大きく広げた白い巨鳥のように見えた。

とたんに、観客席から、ヨオッ！　菊之丞、白鷺！　などという掛け声があがり、どっと歓声がわいた。

だが、ひょいと菊之丞が片膝をついた大助の肩口に乗って両手を広げて立つと、場内は水を打ったように静まりかえり、白装束の菊之丞に視線が集中した。

菊之丞は大助の手にした青竹に手を伸ばし、素足の指を青竹にかけると、スルスルと上りだす。

すかさず、大助が立ちあがり、両手で青竹をつかんでバランスをとる。竹の先まで上った菊之丞は片手、片足だけで体を支えて、大きく空中に手足を広げて舞うような仕草を見せた。

両腕から下がった幾筋もの白銀の布が、燭台の仄《ほの》かな明りに揺れて映え、観客の目に飛翔する白鷺か鶴のように映る。しかも、空中高く浮き上がった菊之丞の白皙《はくせき》が、優雅さのなかに憂《うれ》いをふくんだような雰囲気をかもしだすのだ。

軽業というより、妖艶《ようえん》な女形《おんながた》の歌舞伎を見るようである。観客の目は酔いしれたように舞台に釘付けになっている。

いっときの舞いが終わると、大助が青竹を肩口に当てて支え、観客席にむかって両手を大きく開いて見せた。そして、背後から座員に手渡された鼓《つづみ》を手にすると、小脇にかかえて打ち出した。

頭上の菊之丞は鼓の音にあわせ、すばやく袂から何本もの白布を取り出して手に持ったり口にくわえたり、肩口にかけたりして垂らした。

ターン、ターン、タン、タン、タン……。

鼓の音に合わせて、十尺ほどもある白帯のような布が空中を流れ、波のように揺れだす。しだいに激しくなる鼓の音にあわせ、菊之丞の動きも激しさをくわえ、その体から伸びた白布が、渦巻き乱舞しはじめる。

菊之丞！

一声高く、感きわまったような声がひびくと、場内のいたるところから掛け声がおこり、場内は嵐のような拍手と歓声につつまれた。

その拍手と歓声を待っていたかのように、チョーン、チョン、チョン、という拍子木の音がおこり、舞台に菊之丞と大助を残して幕が引かれた。

「菊之丞、大助、いいできだったぜ」

堂本竹造は満面に笑みをうかべて、舞台の後ろの狭い楽屋にもどってきたふたりに声をかけた。

堂本は老齢で鬢髪《びんぱつ》は真っ白だったが、しずかなもの言いと唐桟縞《とうざんじま》の羽織を着こなした姿には座頭らしい覇気《はき》と貫禄があった。

そこは、楽屋と言っても筵《むしろ》でかこい茣蓙《ござ》を敷いただけの狭い空間で、隅には衣装を入れる葛籠《つづらかご》や出し物に使う青竹や唐傘などが立て掛けてあった。

「これもみな座頭のお蔭です」

菊之丞が、口元に微笑を浮かべながら応えた。

そばで、大助は額の汗を手ぬぐいで拭きながら黙ってうなずいている。

ふたりは上方から来た白鷺菊之丞一座という触れ込みだったが、実のところ数年前まで浅《せん》草寺《そうじ》境内《けいだい》で青竹登りの芸を観せていた大道芸人だった。

ところが、菊之丞の美貌に目をつけた堂本が、上方から来た大評判の一座と銘打って、演目を変え、意匠を凝《こ》らして堂本座に出すと、たちまち人気がでたのである。

「しばらくは、この出し物でとおしますよ」

「はい、よろしゅうお頼みいたします」

菊之丞は女のような細い声で言った。

「いや、たいした色気だ。その声を聞くと、この歳《とし》になってもゾクッとするぜ。人気は軽業の腕だけじゃァねえなあ」

堂本は機嫌よさそうに笑いながら、楽屋から出て行こうとした。

そのとき、ふいに堂本の足がとまった。

異臭がした。かすかに白煙が流れ、夜気のなかに何か焦げたような臭いがある。

(何か、燃えてる！)

堂本がそう察知したときだった。

小屋の裏手から、火事だ！　という叫び声が聞こえた。

はじかれたように堂本は走った。煙は見る間に、色濃く流れてきた。竹でも爆《は》ぜるような音がし、足音、何か倒すような音、人の騒ぎ声などが聞こえてきた。

小屋の裏手に数人の一座のものが集まっている。

「どうした」

堂本の声に、呼び込みの熊吉が、

「頭、あそこ！　火だ！」

と、小屋の裏手をおおっている筵を指差して叫んだ。

見ると、地面にとどいている筵から燃え上がったと見え、小屋の低い場所から激しい煙につつまれていた。爆《は》ぜる音は横に渡した細竹が燃えたためらしい。

一昨日の雨で、筵が湿り気を含んでいるため一気に燃え上がらずに、十枚前後の筵が燻《くすぶ》りちろちろと蛇の舌のような炎を見せていた。だが、煙は激しかった。モウモウとわき上がった煙が、小屋の中に流れこんでいた。

堂本は全身を雷でうたれたような衝撃を覚えた。

(火事を出せば、小屋を失うだけではない。お上から、小屋掛けを禁じられる！)

その考えが頭をかすめた。

このところ御改革の名のもとにお上の生活統制が厳しくなっていた。奢侈品《しゃしひん》の禁止だけでなく娯楽、芸能、出版などの各方面にわたり、岡っ引きや同心の目が市中いたるところにひかっていた。

昨年の十二月、歌舞伎の江戸三座のうちの中村座《なかむらざ》と市村座《いちむらざ》が十月に出火したことを理由に、浅草猿若町《さるわかちょう》に移転させられている。

堂本座のような筵張りの小屋など、お上の胸ひとつでかんたんに取り潰《つぶ》されてしまう。

「切れ！　よじ登って、筵を切り落とせ！」

堂本は激しい声で怒鳴った。

さいわい、筵張りの中ほどまでしか燃え上がっていなかった。丸太を組み筵を張っただけの小屋である。筵を結んである上部の縄を切り落とせば、火のついている筵は下に落ちるはずだ。

堂本の声で、そばにいた男たちがいっせいに刃物を持って丸太をよじ登りはじめた。

(火は消せる！)

湿り気を含んだ筵のため、火勢はあがらず、黒く焦げた筵からときおりちいさな炎が見えるだけである。

(だが、火事をだした、そのことを揉み消さねばならぬ)

堂本にとってはそのことの方が重大だった。

お上から、広小路での小屋掛けを禁じられたら堂本座は潰れる。配下の多くの芸人が職を失い路頭に迷う。

「にゃご松、三助、長屋の連中をかき集めろ！　急ぐんだ！」

堂本は近くにいたふたりを目にとめると、激しい口調で叫んだ。

7

楽屋から堂本が飛び出した後、菊之丞と大助はいそいで周囲にあった小物を葛籠《つづらかご》につめた。流れてきた煙と臭いに、小屋のどこかが燃えていると察知したのだ。

「菊、布を袖の中へ入れろ、そいつがじゃまだ」

大助が低い声で言った。

菊之丞はうなずくと、両袖に縫い付けてある白布をすばやく丸めて袖の中に詰めこんだ。

「衣装籠《いしょうかご》だけでも、運びだすんだ」

そう言うと、大助は腰に差していた脇差を抜き、筵を大きく縦に切り裂いた。

切り口から外のひんやりとした夜気が流れこんできて、楽屋をつつみはじめた煙を押し流した。どうやら、近くまで火はまわっていないようだ。

ふたりが、筵の切れ目から葛籠を運び出そうと、腰をかがめたときだった。

ふいに、舞台に通じる出入り口から、三人の男が飛び込んできた。いずれも黒覆面で顔を隠している。小袖に袴、腰に大小を差していた。

武士のようだ。三人のうちのひとりが、ふいに菊之丞を後ろからはがい締めにし、もうひとりが前にまわって両足を抱え上げた。

「何をするんだい！」

菊之丞が悲鳴のような声をあげ、体をよじって抵抗した。

「てめえら、何者だ！」

大助が叫んだ。

三人の賊は菊之丞を強引に連れ出そうとしていた。

大助が脇差を抜いて、菊之丞を連れ去ろうとしている男の方へ駆け寄ろうとしたとき、もうひとりの黒覆面の男が大助の前に立ちふさがった。

六尺ちかい巨軀で、肩幅広く両腕が異様に太い。獲物を狙う猛禽《もうきん》のような鋭い目で、大助を見つめている。

「……………！」

大助はゾッとした。

獰猛《どうもう》な獣のように見えた。その獣が牙を剝《む》き、いままさに大助に飛びかかろうとしていた。火を吐くような殺気である。

そのとき、菊之丞の悲鳴を聞きつけたのか、仙吉《せんきち》という綱渡りをしている男がその場に飛び込んできた。

突如《とつじょ》、抜刀した黒覆面の男は、右手から走り込んできた仙吉の方に体《たい》をひねりざま、肩口から袈裟に斬り落とした。

刃《は》唸《うな》りとともに刀身が一閃《いっせん》し、ガッと骨を嚙《か》むような音がした。

剛刀による凄《すさ》まじい斬撃《ざんげき》だった。刀身は肩口から脇腹まで斬り下ろされ、仙吉の体が斜めに截断された。

ふたつになった胴部から激しい出血とともに臓腑が溢《あふ》れ出、白い胸骨が肉の間から露出した。両足をつかんで縦に引き裂いたような無残な斬り口だった。

黒覆面の男の動きはそれでとまらなかった。野獣の唸るような声を発しながら、すばやく反転し、大助の方に身を寄せてきた。

まさに、暴れ狂う黒い巨獣だった。

一瞬、大助は背筋が凍るような恐怖に体がつっ張ったが、必死でそばの丸太に飛び付くと、猿《ましら》のような勢いで、黒覆面の男の頭上高く逃れた。

その敏捷さに、黒覆面の男は驚いたように目を剝いたが、チッと舌打ちすると、身をひるがえして侵入した出入り口から姿を消した。

「菊！」

大助はよじ登った丸太の上から叫んだ。

だが、このときすでに菊之丞はふたりの男の手で楽屋から運び出されていた。

大助は丸太から飛び下りると、すぐに菊之丞の後を追い、舞台へ駆け込んだが、すでに黒覆面の男たちと菊之丞の姿はなかった。

幕の降りた無人の舞台には、薄い白煙が霞《かすみ》のようにうすく漂っていた。小屋の周囲から火を消そうとしているらしい、芸人たちの叫び声が聞こえてきた。

堂本は月明りに浮かび上がったように見える広小路に、小屋や床見世などの間から湧き出てくるように集まってくる無数の黒い人影に目をやった。

（オオッ、来たかい……）

堂本はその人影に、胸の熱くなるような思いを抱いた。

すでに、小屋の火は消えていた。いまは、堂本座にいた者が総出で、燻《くすぶ》っている筵を踏んだり、水をかけたりして燃え残りの始末している。

だが、堂本は火事の始末はこれからだと思っていた。

堂本座の小屋から出火したことを、お上の耳にとどく前にもみ消さねばならなかった。幕府も江戸市民も、火事を恐れている。出火原因はどうあろうと、小屋が火を出し燃えたという事実だけで、仕置《しおき》の口実になる。下手《へた》をすると、小屋掛けの見世物を禁止されるかもしれない。禁令は、堂本がかかわっている他の小屋にも及ぶ。

堂本にとっては、火事で小屋を失うことよりも見世物の営業権を一方的に奪われることの方がこわかったのだ。

「頭、集まりやした」

米吉が堂本の前に片膝《かたひざ》ついて、指示を仰ぐように見上げた。

米吉の背後には、宗五郎、居合の源水、にゃご松、雷為蔵などの見知った顔が並んでいた。すでに、講釈長屋からの住人も駆け付けたらしく、彦斎の顔もある。総勢、五十人ほどがいた。さらに、続々と集まってくるらしく、広小路の薄闇のなかに走りよる大勢の足音がし、人影が次々にあらわれる。

「すでに、火は消した。だが、火を出したことがお上に知れれば、広小路の小屋掛けが禁じられる。下手をすりゃァ、門付けや大道での芸も締めつけをくう。いいか。そうならねえように、半数者は今夜中に小屋をもとどおりに修復するんだ。あとの半数で、広小路周辺に触れ歩く。あの煙は火事じゃァねえ、酔っぱらいが積んであった古筵《ふるむしろ》に火をつけたのを、小屋の者が消しとめたと、そう噂をばらまくんだ」

「ですが、頭、近所の者が見てるんじゃァ」

米吉が訊いた。

堂本座のちかくには、茶見世や楊弓場などもある。小屋の裏手から上がった煙を目撃した者も少なからずいるはずだ。

「たしかに、小屋から上がった煙を見た者は大勢いる。だが、すぐに座員に周辺をかためさせ付近に近寄らせなかったから、小屋の筵が燃えているのを見た者はわずかだ。大勢の噂で、もみ消せる。それに、町方が話を聞いて見にきたときに、小屋に焼け跡がなけりゃァ、噂を信じるしかねえ」

「まったくで」

米吉がうなずいた。

「橋番所、夜なきそば、夜鷹、料理屋の裏口、船頭、女芸者、起きている者にはそれとなく近付いて、話をしろ」

堂本の声に大勢がうなずいた。

橋番所は両国橋詰めにある橋番のための小屋で、番人が起きているはずだった。女芸者は、料理茶屋や舟宿などに出入りし、酒宴の席で多くの客に接する。

そうした夜の女や屋台のそば屋、番人などの耳に入れば、市中に伝播《でんぱ》するのは早い。

集団はすでに百人を超えていたが、まだ、闇のなかから湧き出てくるように人影があらわれ、黒い人垣が広がっていく。

「行け！」

堂本の声で、いっせいに集団が立ちあがり、大きな波が動くように人垣が揺れたと思うと、黒い巨大なかたまりが二つに割れ、一方は小屋の裏手に動き、一方は広小路の八方に散っていった。

(何としても、こいつらを守らねば……)

堂本は、無数の人影を見ながら己の胸に言った。

8

人波を見送った堂本は、両長屋の主だった者に、

「ちょっと、楽屋へ来てくれ」

と声をかけた。

堂本の後にしたがったのは、米吉、彦斎、宗五郎、居合の源水、それに講釈長屋の住人である籠抜《かごぬ》けの浅次《あさじ》という若い男である。

籠抜けというのは、褌《ふんどし》ひとつの裸体で底をくりぬいた一尺余の籠を横に据え、飛び抜ける

軽業である。ただの籠ではなく、中に火の点《つ》いた蠟燭《ろうそく》や短剣を立てたりする。

米吉と彦斎は長屋の大家であり堂本の片腕とも目されているので当然だが、宗五郎たち三人が呼ばれたのにはわけがある。

宗五郎は真抜流の、源水は佐伯流《さえきりゅう》居合の達人で、ふたりとも出自は武士だった。浅次は町人だったが、起倒流《きとうりゅう》柔術をよく遣った。そのため、三人はその腕を見込まれて、堂本座に何か揉め事がおこると頼りにされることが多かったのだ。

楽屋には大助が、ひとり呆然《ぼうぜん》とつっ立っていた。周囲の澱《よど》んだような闇のなかに、血の臭いがする。見ると、大助の足元に体を斜めに截断された男の死骸が転がっていた。

「殺《や》られたのは、だれだ」

宗五郎が訊いた。

「仙吉で……」

「菊之丞の姿がないが」

「奪われやした……」

そう言って、大助はくやしそうに唇を噛んだ。

「火付けの狙いは、菊之丞を連れ去ることにあったようでして……」

堂本が死骸の前に立った五人を見まわしながら言った。

すでに、堂本は大助からことの次第を報らされていた。そのとき、堂本は押し入った賊が一座の者を小屋の裏手に引き出すために火を点けたと察知したのだ。

「なぜ、菊之丞を」

宗五郎が訊いた。

「まったく、何がなんだか……」

分からねえ、というふうに大助は首をひねった。

大助からことの次第をかんたんに聞いたあと、浅次が行灯《あんどん》を持ってきて火を点けた。

行灯の火に浮かびあがった死骸を見て、宗五郎は思わず身震いした。ふいに、冷気が背筋をかすめていったような気がしたのだ。

魚肉の赤身のように開いた斬り口から、獣の牙のように截断された肋骨が露出していた。しかも、左肩口から右脇腹まで一太刀で斬り落とされている。

「なんとも、凄まじい……！」

腹部から溢れ出た臓腑や、茣蓙《ござ》の上に流れ出し黒くかたまった血溜《ちだま》りに目をやりながら、宗五郎が唸るように言った。

「肩口から袈裟に一太刀か……。並の遣い手ではないな」

源水も顔をこわばらせていた。

宗五郎の頭に、美里から聞いた佐竹鶉之介のことが頭をよぎった。まさか、とは思ったが、同じ太刀筋と見てまちがいなさそうだった。

「仙吉が斬られたとき、何か、音が聞こえなかったか」

宗五郎が大助の方に顔を上げて訊いた。

「そういやァ、犬が骨でも嚙んだような音が……」

「やはり、骨喰みの剣か」

宗五郎が低い声で言った。

「骨喰みの剣とは」

源水が聞き返した。

「見たことはないが、無念流のなかに骨喰みの剣と呼ばれる、肩口から一太刀で斬り落とす秘剣を遣う者がいると聞いた覚えがある」

宗五郎は佐竹の名は出さなかった。

骨喰みの剣にまちがいなさそうだったが、宗五郎の胸には、賊は佐竹なのか、という疑念があった。自分を襲うならともかく、江戸へ出て間もないはずの佐竹が堂本座や菊之丞とかかわりがあるとは思えなかったのだ。

「うむ……」

「何のために、菊之丞を連れ去ったのか見当もつかぬが、ただ、菊之丞を奪っただけではすまぬような気がしますな」

堂本が言った。

「どういうことだ」

宗五郎が顔をあげて訊いた。

「さて、何者が何をたくらんでいるのか、見当もつきませんが、盗人《ぬすっと》やただの人さらいではないことだけはたしかなようで……。ともかく、堂本座の総力をあげて、菊之丞の行方と、三人組の賊の正体をつかまねばなりませんな」

堂本の声には凄味があった。ふだんは好々爺《こうこうや》のように温和な顔をしているが、足元の死骸を見つめた細い目には刺すような鋭いひかりが宿っていた。

（それにしても、おそるべき剛刀だ……）

宗五郎は堂本たちがその場を去ったあとも、死骸に目を落としていた。

骨喰みの剣の太刀筋は、人並はずれた大力者が大薙刀《おおなぎなた》で斬り払ったような凄まじいものだった。

宗五郎の全身の肌がざわめき立つように震えた。

第二章　無念流《むねんりゅう》隠剣《かくしけん》

1

池之端《いけのはた》の万造《まんぞう》という岡っ引きが、堂本座の裏口に姿をあらわしたのは小火《ぼや》騒ぎのあった翌夕だった。

「座頭《ざがしら》はいるかね」

対応に出た若い座員に、口元に嗤《わら》いを浮かべながら言った。

頬がこけ、顎のとがった男だった。年は四十を超えていようか、わずかに鬢《びん》に白いものが交じっていた。静かなもの言いだったが、狡猾そうな目で小屋の様子を睨《ね》めるように見ていた。

「これは、親分さん、何か御用で」

堂本は満面に笑みを浮かべて言った。

「いや、なに、昨晩、この辺《あた》りで、火事騒ぎがあったと聞いてきたんだがな」

万造はそう言いながら、ちらちらと小屋を覆った筵に目をやっていた。

「親分さん、何かのおまちがいでしょう。御覧のとおり、小屋は昨日のまんまですが……。そうそう、昨晩、酒に酔った男が、裏手に積んであった三枚ばかりの筵に火を点けて暖《あ》ったまろうとしましてね。火でも出しちゃァいけねえと、すぐに若い者に消させましたが、あるいは、その煙でも見た者がいたんじゃァありませんかね」

堂本は愛想笑いをうかべたまま言った。

「そうかい……。だいぶ、手まわしがいいようだが、菊之丞はどうしたい。興行は当たってたはずだが、幟《のぼり》が出てねえじゃねえか」

「はい、それが、何とも、おはずかしいかぎりでして。舞台がはねた後、青竹登りの稽古をしてましてね。菊之丞のやつ、足を滑らせて骨を折っちまったんですよ。それで急遽《きゅうきょ》、籠抜けの軽業をやることになりまして……」

昨夜のうちに、白鷺菊之丞一座の幟を下ろし、浅次の籠抜けを演目に加えることを決めていた。

「何か裏がありそうだが、まァ、いいや。堂本、おれが今日来たのは御用のためじゃァねえんだ。ちょいと、与力の旦那に頼まれてな。お前《めえ》に、折り入って話があるそうだよ」

万造はそう言って口元を歪《ゆが》めるようにして嗤った。

「与力……。いったい、どなたさまで」

堂本は驚いた。

同心の詮議ぐらいは予想していたが、端《はな》から与力が乗り出してくるとは思いもしなかったのだ。

「南町の滝井《たきい》平四郎《へいしろう》さまだ」

「滝井さま……」

堂本は嫌な気がした。滝井がどんな男か知らなかったが、南町の与力であることが気になったのだ。

南町奉行は、昨年十二月に任官したばかりの鳥居《とりい》耀蔵《ようぞう》だったが、その陰湿、過酷な取締まりから江戸市民から妖怪と呼ばれて恐れられていた。鳥居は甲斐守《かいのかみ》を名乗っていたが、耀蔵と甲斐守をひっかけて、妖怪と呼ばれていたのだ。

このころ、老中首座として改革に取り組んでいた水野《みずの》忠邦《ただくに》は、幕府の財政立て直しのため相次いで奢侈《しゃし》禁止令《きんしれい》を出し、贅沢《ぜいたく》な着物や櫛《くし》、簪《かんざし》、料理から雛人形まで統制したが、そうした奢侈品の禁止だけにとどまらず、市中取締まりは歌舞伎や寄席などの芸能、出版から市民の楽しみのひとつだった夕涼みの花火にまで及んでいた。

そうした市民生活全般にわたる禁止令を、水野の片腕として徹底して取締まっていたのが南町奉行の鳥居だったのである。

「今夜、戌《いぬ》ノ刻《こく》（午後八時）にちょいと顔を出してくれ」

「どちらにうかがえば、よろしいんで」

「柳橋の浜鳥《はまちょう》だ」

「浜鳥……」

思わず堂本は聞き返した。

浜鳥といえば柳橋でも名のとおった高級料亭だった。番屋にでも呼ばれるとばかり思っていたが、料亭とは意外だった。

「だから、御用の筋じゃァねえって言ったろうが。……まァ、楽しみにして来るがいいぜ」

万造は歯を出して嗤《わら》った。

「親分さん、ふたりばかりお供を連れていってもよろしいでしょうか」

堂本は念のため腕のたつ宗五郎と源水を連れていこうと思った。

堂本には、何のために与力が会おうとしているのか、見当もつかなかったが、堂本座にとって都合のいい話が出るとは思えなかったのだ。

「そうよなァ、まァ、ふたりならいいだろう。鬼が出るか蛇が出るか、お前も心配《しんぺえ》だろうからな」

「はい、与力の旦那とふたりっきりで話すなど、恐れおおくて……」

堂本は殊勝な顔をして肩をすぼめて見せた。

堂本たちが通されたのは、二階の奥座敷だった。意外にも、待っていたのは与力の滝井ひとりだった。

月代《さかやき》をひろくすり、細い髷《まげ》の刷毛先《はけさき》を銀杏《いちよう》の葉形にちいさくひろげた八丁堀風の小銀杏髷《こいちようまげ》。紋付きの黒羽織に平袴《ひらばかま》という身装《みなり》で、一目で同心か与力と知れた。

「かたくるしい挨拶は抜きだ。こっちへ来て座れ」

滝井は、座敷の端で両手をついて挨拶した堂本に気軽に声をかけた。

色白で太り肉《じし》、ふっくらした頰の恵比寿顔《えびすがお》の男だった。いかにも、人の良さそうな笑いを満面に浮かべていたが、目だけは笑っていなかった。糸のように細い目の奥に、蛇《くちなわ》を思わせるような冷たいひかりがあった。

「そっちのふたりは、武家のようだな」

滝井は堂本の後ろに座った宗五郎と源水に目をむけた。

「島田宗五郎と申します。今は、大道芸で口を糊《のり》してござる」

宗五郎は応えた。

脇で、源水が同じく居合の源水でございます、と応え、ちいさく頭を下げた。

「芸人が武家の用心棒をご同伴か……。まァ、いい」

滝井は右脇に置いたままのふたりの刀に目をやったが、顔から笑みを消さなかった。豪胆の主なのか、ひとりだけで妙に落ち着いている。

女中が、酒肴を並べるのを見ながら、宗五郎は滝井がひとりなのが気になっていた。滝井に敵意はないように見えたが、ときおり周囲にチラッと視線をめぐらせるとき、その顔に緊張がかすめるのを宗五郎は見逃さなかった。

(何か、隠している……)

宗五郎はそう察知した。

「それで、滝井さま、どのようなお話でございましょうか」

滝井に注がれた杯をほしたところで、堂本が切り出した。

「おお、それよ。堂本、ゆうべ、両国の小屋で火を出したそうだな」

滝井は堂本を見ずに言った。

視線を膳に落としたまま、手酌で注いで三杯ほどつづけざまにほした。酒は強いらしく、うまそうに飲んだ。

「滝井さま、それはわずかな煙を見誤った者の噂でございますよ」

堂本は万造に話したことをくりかえした。

「菊之丞が小屋から消えたことも、おれの耳に入ってるんだがな……」

滝井は顔をあげて、堂本を見た。

微笑が消え、細い目が刺すように堂本を凝視していた。その双眸にぞっとするほど冷酷なひかりが宿っている。

「そ、それは、何かのおまちがいで……」

堂本の顔から血の気がひいた。

まさか、奉行所の与力がそこまでつかんでいるとは思ってもみなかったのだ。万造には、竹登りの稽古中の落下で、骨を折ったと伝えてあった。だが、滝井の口振りは、菊之丞が何者かに連れ去られたのを知っているようなのだ。

「まァいい。……なあ、堂本、いま、お上からのお達しでな、南町《みなみまち》奉行が市中の贅沢品の取締まりに躍起になってるのを知らねえわけじゃあるまい。芝居や見世物も、厳重に取締まれと町方に伝えてあるんだぜ」

「そりゃァもう、よく存じております」

堂本は顔をこわばらせたまま低頭した。

「それが、小屋で火を出したとなりゃァ、取り潰されても文句は言えねえな」

滝井の口元に嘲笑がういた。

「で、ですが、滝井さま、小屋からは火を出してはおりません。万造という親分さんにも聞いて見てください。さきほど、ご検分いただいたはずですから……」

堂本は低頭したまま言った。

「堂本、おれが、お奉行に、両国の小屋で火を出したと言えば、たとえ、小火《ぼや》で消しとめたとしても、堂本座が火を出したことになるんだよ」

ふいに、滝井の声に恫喝《どうかつ》するような響きがくわわった。

「………！」

堂本は顔をあげて、滝井の顔を見た。

顔が蒼ざめてはいたが、滝井の言葉の裏を探ろうとするかのようにその双眸に鋭いひかりがくわわっている。

「だがな、おれは堂本座を潰そうなんて思ってるわけじゃァねえんだぜ。それより、こういうご時世だ。後ろ盾がいるんじゃァねえかと思ってな」

「後ろ盾……！」

「そうよ。おれがその後ろ盾になってやろうってわけよ」

そう言うと、滝井は堂本の心底を探るような目をした。

「…………」

堂本も滝井の目を見返した。

どうやら、滝井は小屋の小火を理由に、堂本座から何か脅し取る肚《はら》のようだ。

「おっと、勘違いするんじゃァねえぜ。おれは、堂本座から金を巻き上げようなんてけちな了見はもっちゃァいねえ。……それより、堂本座をもりたててやろうと思ってるんだ」

そう言うと、滝井は薄笑いをうかべ、チラッと隣の座敷との間にある襖の方へ視線をまわした。

さっきから、隣の座敷にかすかに人の気配がするのに気付いていた宗五郎は、滝井の目の動きで、

(やはり、誰かいる)

と察知した。

襖の陰で誰かがこっちの話に聞き耳をたてているような気配がする。

(何者だろう……)

襖の陰にいる者とは別の気配もあった。不気味だった。何者かが深い闇のなかに沈んでいるような気配がし、かすかな殺気もあった。

2

「滝井さまのような方に、ご贔屓《ひいき》になって頂ければ、心強いかぎりでございますが、堂本座としては何をお礼すれば……」

堂本が低い声で訊いた。

「それよ、おれが頼んだときにな、お前のところの芸人たちを動かしてくれりゃァそれでいいのよ」

「動かす？」

「こういうご時世だ。いちいち女の尻をおっかけて櫛簪《くしかんざし》まで改めるのはめんどうだしな。それに、食いつめ者たちが、騒ぎを起こさねえともかぎらねえ。それを探ってくれればいいのよ」

「そういうことで、ございますか」

一瞬、堂本の双眸に挑むようなひかりがくわわった。平素の好々爺のような温和な表情は拭《ぬぐ》ったように消え、数百人の芸人の元締めらしい凄味のある顔貌があらわれた。

堂本は滝井の肚裏《とり》を読み取った。

お上の犬になれ、と言っているのだ。堂本の配下の何百という大道芸人たちが、毎日江戸の町の隅々まで散らばっていく。芸を観せて銭を稼ぐだけでなく、その耳目は市井《しせい》のあらゆる情報をつかんでくる。

滝井はその情報収集力を利用するつもりなのだ。

「滝井さま、どうか、ご勘弁のほどを。……芸人は、芸を観せるだけしか能はございませんので、お上の御用など、恐れおおいことでございます」

また低頭して言ったが、堂本の声には拒絶の強いひびきがあった。

「断る気かい！」

一瞬、滝井の恵比寿のような福相に朱がさし、細い目が攣《つ》りあがって赤鬼のような面貌《おもて》に豹変した。

だが、滝井は思いなおしたように、フッと息を吐き、気を静めるように一口酒を飲むと、

「なァ、堂本、おれは岡っ引きや下っ引きのように捕物の手先をさせようとは思っちゃァいねえんだぜ。おれが、こうして欲しいといったとき、手を貸してくれればそれでいいのよ」

滝井はなだめるような口調で言った。

「ひらに、ご勘弁のほどを……」

堂本には、お上の犬にだけは決してならぬ、という強い決心が以前からあった。

堂本は子供のころから軽業で舞台に立っていたのだが、二十年ほど前、先代の座頭から堂本座を継いだのである。

当時は、堂本座の座員だけを率いて、茅町の長屋に住まわせていたのだが、芸人たちに親身になって芸を教えたり、病気の者には無利子で金を貸しその家族まで面倒を見たので、その人徳を慕って、座員以外の芸人まで傘下に集まるようになった。

堂本はそうした芸人たちもこころよく長屋に住まわせ、冥加金《みょうがきん》として一日五文徴収しただけだったので、大道芸人も集まるようになり、堂本座は両国、浅草界隈の芸人たちを束ねる巨大な組織となった。

本来大道芸人の多くは香具師《やし》と呼ばれ、寺社の境内や縁日などで、芸を見せたり口上を並べたりして客を集めいかがわしい品物を売り、親分子分の関係でつながっていたが、堂本座は香具師の集団ではなかった。

また、猿廻《さるまわ》し、角兵衛獅子《かくべえじし》などのような門付《かどづけ》や醜穢《しゅうわい》な風体で門口に立って銭をもらう者たちなどを合棟乞丐《ごうむねこじき》と呼んで仁太夫《にだゆう》なる者が支配していたが、堂本座はこの合棟乞丐とも一線を画していた。

この時代、芸人は他の町人とは違い、香具師や合棟乞丐などは世間からうとまれることが多かったが、堂本は座員たちに、

「わしらは芸を売って、銭をもらう。渡世人や物貰《ものもら》いとはちがう。わしらの生業《なりわい》を卑しく見ることはないぞ」

と、ことあるごとに座員たちに話していた。

芸人としての誇りを失うな、ということである。堂本自身、軽業師だったので、芸人の気持はよく分かった。芸人が己を卑下したら、芸そのものも堕落してしまう。芸のない芸人ほど哀れなものはない。

さらに、堂本は、わしらは、自分たちで助け合い、誰にも縛られずに、好きな芸を好きなときにやっていい自由な身なのだ、とも言っていた。

(だが、お上の手先になれば、その誇りと自由が奪われる)

と、堂本は思っていたのだ。

しかも、それだけではなかった。お上の手先として目を光らせることは、観客として芸人たちの暮らしを支える江戸町民を嗅《か》ぎまわることであり、敵対することであった。妖怪と恐れられた南町奉行の意向で動くとなればなおさらである。

小屋掛けの芸も、大道芸も町民に好まれ、愛されなければなりたたない。堂本たち芸人にとって、江戸町民にお上の犬と見られ、嫌悪されることは、小屋を失うこと以上の致命傷となるのだ。

「堂本、どうあっても、おれの頼みは聞けないというのかい」

また、滝井の顔に朱がさし、赤鬼のような面貌になった。

「なにとぞ、ご勘弁のほどを」

堂本は低い声だが、きっぱりと言った。端座した姿には、堂本座の頭らしい威容があった。

「堂本、小屋がつぶれてもいいというのか！」

滝井は、持っていた杯を荒々しく膳の上に放り投げた。

残っていた酒が飛び、堂本の膝元にかかったが、堂本は動じずに、

「滝井さま、こうなると、お互いが死ぬか生きるかですぜ」

と、凄味のある声で言った。

「なに！　どういうことだ」

「小屋がつぶれるようなことになれば、十日のうちに、あなたさまの死骸《おろく》が大川に浮くことになりますさァ」

「…………！」

「鼠も追いつめられりゃァ、猫も噛むってことでして」

「芸人の分際で、南町《みなみまち》奉行所の滝井を脅すつもりか」

滝井が声を大きくして、後ろの床の間の刀掛けに手をのばした。

一瞬、座敷に殺気がはしり、滝井と堂本が視線を合わせたまま動きをとめた。

堂本の背後にいた宗五郎は、右脇の刀をつかみ隣部屋の気配をうかがった。源水も刀を引き寄せて、わずかに腰を浮かせる。

そのとき隣室で巨獣でも動いたような気配がした。凄まじい殺気だった。

(ただ者ではない!)

宗五郎の全身に緊張がはしった。

だが、物音はまったくしなかった。座ったまま動かないようだ。いっとき間をおき、わずかに衣擦《きぬず》れの音がし、襖のそばから遠ざかるような気配がした。それと同時に、殺気がうすれた。

どうやら、踏み込んでくる気はないようだ。

「……脅すなどと、滅相もございません。ただ、芸人にも意地ってもんがありますんで」

堂本がその場の緊張をほぐすように、穏やかな声で言った。

「……よかろう。今夜のところは、このまま帰るがいい。だが、堂本、そのうち、お前の方から頭を下げておれのところに来ることになるだろうよ」

そう言うと、帰れ、というように、滝井が顎をしゃくった。

浜鳥を出ると弦月《げんげつ》が、淡いひかりを路上に降らせていた。春らしいやわらかな風が、上気した宗五郎の頬を撫《な》ぜていく。

「隣の座敷で何人か、話を聞いていたようだな」

宗五郎が言った。

「こっちを、襲う気はなかったようだが」

源水が応じた。

「何者なのか、かなりの遣い手がいた」

宗五郎は滝井がひとりで落ち着いていられたのは、隣にいた者のせいだろうと思った。

「いずれにしろ、滝井ひとりの策謀ではないでしょう。やはり、このままでは済みますまいな」

堂本が、つぶやくように言った。

「菊之丞を連れ去った連中も、滝井の一味と見るか」

「さて、どうつながっているのか。……まず、菊之丞の行方を総出で探りださねばなりませんな」

そう言って、堂本は頭上の月を見上げた。

月光を撥《は》ねて、堂本の両眼が猛禽のように白くひかった。

3

襖が開いて、隣の部屋から顔を出したのは、岡っ引きの万造と恰幅《かっぷく》のいい赤ら顔の男だった。赤ら顔の男は唐桟縞《とうざんじま》の小袖に黒羽織、博多織の角帯《かくおび》と、いかにも富裕な大店《おおだな》の主人といった感じの身装《みなり》をしていた。

赤ら顔の男の歳は五十を過ぎていようか、鬢《びん》に白いものが目立ち、顎のあたりの肉が弛《たる》んでいたが、細い切れ長の目には射るような強いひかりがあった。

座敷の奥にもうひとりいた。行灯《あんどん》の灯《ひ》から遠いため、ぼんやりとした輪郭しか分からないが、武士らしい。それも人並外れた巨軀である。柱に背をあずけ、ひとり酒肴の膳を前にして飲んでいる。

「あのご仁は、こっちに来ぬのか」

滝井が隣の部屋に目をやりながら聞いた。

「はい、あそこでいいそうで……」

赤ら顔の男は背後を振り返り、お奉行所の方と顔を合わせるのは気が引けるのでございましょう、と言って口元にうすい嗤いをうかべた。

「それにしても、益田屋《ますだや》、やはり、堂本は一筋縄ではいかんな」

滝井が入って来た男に顔をむけて言った。

この男、益田屋藤四郎《とうしろう》という日本橋小網町《こあみちょう》に店を持つ米問屋の主人である。

「そうでしょうとも……」

益田屋は口元に笑みをうかべながら滝井の脇に座して、手をたたいた。

すぐに、女中が姿を見せ、益田屋から新たに酒肴を運ぶよう指示されて階下へ降りていった。

「どうだ、益田屋、いっそのこと堂本座をつぶしてしまったら。お奉行に出火の話をすれば、喜んでご老中に進言するぞ」

ときの老中首座である水野忠邦の側近である鳥居から進言すれば、小屋がけの見世物を禁止するなど、たやすいことであった。

「いやいや、堂本座はつぶすには惜しい組織でございます。うまく、利用すればいくらでも儲かりますよ」

「だが、あの男、かんたんには言いなりにならんぞ」

「まァ、あせらずに、じっくりと攻めましょう……」

そのとき、女中が酒肴を運んで来たので益田屋は話をやめたが、女中が去ると銚子を取り

上げて、滝井に注ぎながら、

「下手につぶせば、堂本が申していたように、こっちの命を狙ってきましょうな」

そう言って、口元の微笑を消した。

「なに、引っ括《くく》ってやれば済むことだ」

「十人や二十人、お縄にしても、何百という芸人が江戸の町に散り、どこから仕掛けてくるか知れませんよ」

「うむ……」

滝井は杯を飲みほすと、今度は手酌で注いだ。

「それに、手をこまねいていれば、やがて、菊之丞が監禁されている場所もつきとめましょう」

「どうする」

「次の駒を用意してございますので……。なァに、堂本が強気でいられるのも、腕のいい用心棒を抱えているからでございますよ。そいつらさえ、始末してしまえば、堂本座もただの芸人の集まりです」

益田屋は脇に神妙な顔をして座っている万造の方に目をやり、

「堂本座で腕のたつのは、だれです」

と訊いた。

「へい、さきほど、堂本が連れてきた首屋こと島田宗五郎と、居合の源水、それに柔術を遣う籠抜けの浅次という男、まずは、この三人で」

万造は尖《とが》った顎を前につきだすようにして喋った。

「その三人を始末すれば、堂本も折れるか」

滝井が万造に訊いた。

「へい、あとは薄汚ねえ烏《う》合《ごう》の衆《しゅう》でございまして……。お上に逆らうようなやつはいやしません」

万造はニヤニヤ嗤いながら言った。

「こんなときのために、こっちにも腕のいいお方がおりますので……」

そう言って、益田屋はまた背後に目をやった。

襖が開いたままなので、隣の部屋の男には話は筒抜けだが、何も応えず無言で飲んでいる。

益田屋は視線を滝井にもどし、

「……町方には、わたしどもの名が出ぬよう、お願いいたしますよ」

そう言って、愛想笑いを浮かべた。

「承知した」

「それに、滝井さま、お奉行さまに取り入って、米の値段について、お上に統制をくわえるような動きがございましたら、事前にお話しいただきたいのですが……。お上が江戸町民の贅沢を取締まるのはいっこうにかまわぬのですが、米価にかかわることは事前に知りたいと存じましてね」

益田屋は嗤いを消して、目を細めた。

天保の改革を推し進めている水野忠邦は、市民の衣食住全般にわたって厳しい統制をくわえていたが、同時に低物価政策にも本腰をいれて取り組んでいた。とりわけ江戸の物価安定には真剣で、買い占めや売り惜しみなど厳重に取締まるとともに、一品ごとの値段をこまかく取り決めて適正値段で売買するよう目をひからせていたのである。

当然、米問屋の大店である益田屋は、幕府の米価対策で大きな影響をうけることになる。幕府の米価政策を事前に知れば、それに応じて米の売買や在庫調整をおこない利益をあげることができるのだ。

「益田屋、そのために、おれに近付いたんだろうが……」

滝井が口元に嗤いをうかべた。

「はい、大量の米を売りさばくと、わずかな値崩れでも大きな痛手を受けますものでしてね」

「だが、値がつり上がれば莫大《ばくだい》な利益もころがりこんでくる、そういうことだな」

「さようでございます。それに、こう取締まりが厳しくなりますと、市中に品物がまわらず、かえって窮乏する者が多くなります。そうなると、打ちこわしが怖い。まっさきに狙われるのは、米屋ですからな」

「そのためにも、堂本座を使いたいわけか」

「はい、口伝《くちづ》てに広まる噂ほど恐ろしいものはございませぬ。米価も噂で動きますし、打ちこわしからも逃れることができます」

益田屋は、江戸市中に散らばって市民と接触している大道芸人たちを使えば、米の収穫や江戸入荷などの噂を流し、米価を操ることができるし、市中に打ちこわしなどの不穏な動きがあれば蜂起前に察知することもできる、と話した。

「そうなれば、ご改革の荒波にも益田屋だけは安泰というわけか……」

滝井は肉付きのいい頬を指先で撫ぜながら、覗《のぞ》くような目で益田屋を見た。

「いえ、益田屋は荒波を乗り切るだけで満足はいたしておりませぬ。さらに、商《あきな》いをのばすつもりでおります。そのためにも堂本座を手に入れたいのでございますよ。むろん、滝井さまにも存分のお礼は差し上げるつもりでおります」

益田屋は懐《ふところ》から袱紗《ふくさ》包みをだし、滝井の膝先へ押しだした。

「分かっておる」

袱紗の重みを手の上で確かめながら、滝井は狡猾そうな嗤いをうかべた。

4

豆蔵長屋は、四棟の柿葺《こけらぶき》の長屋が並んでいる。その周囲は古い板塀でかこわれていたが、露地の突き当たりの板塀が壊れていて、木戸を通らなくても出入りできるようになっていた。その板塀から長屋の外に出ると、細い掘割があり、その両側に柳を植えた土手があった。

さっきから、柳の木の下で甲高い女の気合が聞こえていた。美里が木刀を振っているのだ。まだ、払暁《ふつぎょう》である。東の空は茜色《あかねいろ》に染まっていたが、四棟の長屋のまわりは暁闇がおおい、沈んだような静寂につつまれていた。長屋からは朝餉《あさげ》の支度をする物音も、朝の早い大道芸人たちの声も聞こえてこない。

美里は宗五郎の家に草鞋をぬいでから、まだ夜の明けきらぬうちに起きだし、土手に来て木刀を振るのを日課としていた。

やがて、長屋をおおっていた暁闇は空が明りを増すとともに薄れ、あちこちで朝餉の支度をする物音が聞こえだすと、美里は長屋にもどり、小雪とふたりで四人分の朝餉の支度をする。

そして、朝餉の片付けを済ますと、八右衛門とふたりで佐竹鶴之介を探すために江戸の町に出ていた。

「美里どの、ちと、よろしいかな」

背後で宗五郎の声が聞こえた。

見ると、顔でも洗って来たらしく、手ぬぐいを首にかけた宗五郎が細い通りに立っていた。

ハイ、と返事して、美里は木刀を手にしたまま土手を降り、宗五郎のそばに歩み寄った。

だいぶ、激しく素振りをしていたと見え、美里の胸が弾んだように上下し、額が汗でひかっていた。汗に濡れた女の肌の匂いなのだろうか、朝のひんやりした冷気のなかに甘酸っぱい匂いがかすかにした。

(若いころの鶴江もこんな匂いがした……)

そう思うと、がらにもなく宗五郎の顔が赤らんだ。

美里は宗五郎のそばに来ると、今朝はこれまでにいたします、と言って、手早く襷《たすき》を外し露になっていた白い腕を袖で隠した。

宗五郎は、慌てて美里の体にむけていた視線を転じ、

「佐竹は、江戸に縁者でもいたのであろうか。……追っ手から逃れるために江戸へ出たとも

思えぬのだが」

と、長屋の方に歩きだしながら訊いた。

「とくに縁者がいたような話は聞いておりませぬが……」

美里は宗五郎の後に従いながら応えた。

堂本座が三人の男に襲撃され、菊之丞が連れ去られてから七日経っていた。すでに、宗五郎は美里を襲った賊のなかのひとりが骨喰みの剣を遣ったことを話していた。話を聞いた美里は、

「まことでございますか、されば、賊のひとりが佐竹でございますか！」

と、双眸に怒りの色を浮かべて質した。

「いや、佐竹であるかどうかは断言はできぬが、骨喰みの剣を遣う者がほかにいるとも思えぬし……」

宗五郎は半信半疑だった。

「骨喰みの剣は佐竹が工夫したものと聞いております。おそらく、その賊は佐竹にございましょう」

美里は強い口調で断定した。

「うむ。……いずれにしろ、なにゆえ、堂本座を襲い、菊之丞を連れ去ったのか、美里どのに心当たりはござらぬか」

「いや、まったく……」

美里ははっきりと心当たりはないと言った。

「なれば、佐竹はいかなる理由で堂本座を襲ったのか……」

それが、宗五郎には不可解だった。

美里が佐竹のことを宗五郎に話した、その夜に、佐竹と思われる賊が堂本座を襲っている。偶然にしてはでき過ぎていると思えるのだ。

宗五郎の後をついてきた美里が何か思い出したように歩をとめると、宗五郎に顔をむけた。

「青木さまは、益子道場で学んだ江戸詰めの者を頼ったのではないかと、申されておりましたが……」

「すると、佐竹は彦江藩士のもとに草鞋を脱いだのか」

「口振りでは、青木さまの憶測のようでございました」

美里は自信なさそうに言葉を濁した。

「うむ……」

やはり、ただの敵討ちではなく何か裏がありそうだ、という気が強くした。それも、彦江藩にかかわる何かが……。

「美里どの、高山さまが殺害された理由だが、何か心当たりはござらぬのか」

美里の話では、高山は青柳橋の袂で黒覆面をした佐竹に斬られたという。まず、暗殺と見ていい。暗殺なら、それを依頼した者がいるはずである。その者の手引きで江戸へ来たとも考えられるのだ。

「青木さまや兄上は、父上のお役目のことで、何者かが佐竹を金で雇ったのではないかとも申されておりましたが、確かなことは何もわかりませぬ」

美里は無念そうに唇を噛んで視線を落とした。

「いずれにしろ。まず、佐竹を探し出すことでござろうか……」

佐竹の潜伏先をつかめば、その身辺を手繰《たぐ》って暗殺を依頼した人物もつきとめることができる。

(頭に頼んでみよう)

宗五郎は、美里のことは私事と思い、堂本座の者を引き込むまいと決めていたのだが、どうやら、菊之丞の拉致《らち》とどこかで繋《つな》がっているような気がしてきたのだ。

長屋の前まで来ると、小雪が起きて朝餉の支度をはじめたらしく、台所で水を使う音が聞こえてきた。

「たいへん、小雪どのが朝餉の支度を……」

美里は慌てた様子で、腰高障子を開けて土間に駆けこんだ。


その日、両国広小路での首売りの商売を早めにきりあげた宗五郎は、小雪を連れたまま、浅草元鳥越町《もととりごえちょう》にある堂本の住居《すまい》へ足をむけた。

広い敷地に生け垣をめぐらせた屋敷は、ひっそりとしていたが、堂本はいるらしく奥の庭に面した居間に通された。

「おお、娘ごもご一緒か」

堂本は満面に笑みを浮かべて父娘《おやこ》を迎えた。

堂本の女房が茶と小雪のために干菓子《ひがし》を運んで来て、座敷を出ると、

「すこし、気になることがござってな」

と、宗五郎が話を切り出した。

まず、宗五郎は美里と広小路で初めて会ったときからのことを詳しく話した。すでに、美里を長屋で世話していることは、米吉を通して伝えてあったが、郷里の知己《ちき》の娘とだけ話してあったのだ。

「すると、賊のなかのひとりが、その佐竹とかいう牢人らしいと見ているのですな」

堂本は驚いたような顔をした。

「さよう、骨喰みの剣を遣う者がほかにいるとも思えんのでな」

宗五郎は美里の言うように、堂本座の小屋を襲ったのは佐竹だろうと思うようになってい
た。

「それで、宗五郎さんは、佐竹と彦江藩士がつながっていると見ているわけですか」

「佐竹は江戸に出て間もないはず、その男が徒党を組んで、菊之丞を拉致したとなれば、彦江藩にかかわる何かがあると思わねばなるまい」

「そうですな。……ですが、どうにも腑《ふ》に落ちません。与力の滝井とのつながりもまったく見えていませんし」

堂本は腕を組んで、視線を膝先に落とした。

堂本の話では、滝井の身辺を堂本座の大道芸人を使って探らせているが、今のところ特に不審な動きはないという。

「いずれにしろ、佐竹を探しだせば、見えてくるような気がするが」

「分かりました。佐竹という牢人の所在も探らせましょう。なに、どこにもぐりこんでいようと、じきに嗅ぎ出しますよ」

顔を上げると、堂本は膝先の茶碗に手をのばし、少し冷たくなった茶をすすった。

「……何も仕掛けてこないのが、かえって不気味だな」

宗五郎が言った。

滝井と浜島で会ってから、すでに五日経つ。このままで済むとは思えなかったが、その後、奉行所からの呼び出しもないし、堂本座に何か危害が加えられるようなこともなかった。

「嵐の前の静けさかもしれませんぞ」

そう言って、堂本は春の陽射しの満ちた庭先へ、鋭い目をやった。

5

外は月夜だった。皓《しろ》い月光が家並をくっきりと浮かびあがらせ、しっとりとした柔らかな春の微風が流れている。六ツ半（午後七時）ごろ。春の宵がつつみはじめた江戸の町は、まだ活気に溢れていた。

表通りの商家は大戸を下ろしていたが、居酒屋やそば屋、川端の船宿、料理茶屋などは灯明《あかり》につつまれ、通りには急ぎ足で通る人の姿があり、宴席から洩《も》れてくる手拍子や人声などがさんざめくように聞こえていた。

宗五郎と小雪は、鳥越橋《とりごえばし》を渡り茅町《かやちょう》を歩いていた。左手に曲がれば豆蔵長屋へとつづく角まで来たとき、宗五郎が、小雪、そばでも食っていくか、と声をかけた。気持のいい春の宵である。宗五郎はこのまま長屋へ帰るのは惜しい気がしたのだ。

「はい、……いつも小雪の作った夕餉では、父上も飽きるでしょうもの」

と、小雪はすました顔で大人びた言い方をした。

「なに、小雪の作る食事はいつも旨《うま》い。いつでも、嫁にいけるぞ」

宗五郎は笑いをこらえて言った。

ふたりが江戸に出てから、しばらくは、初江が炊事洗濯に来てくれていたが、ちかごろは小雪が家事の大部分をこなしてくれていた。そんなせいもあってか、小雪はときおり女房にでもなったようなませた口をきいた。

「でも、小雪が嫁にいったら、父上が困るでしょう。また、初江おばさんに来てもらうわけにはいかないもの」

「まァ、な」

「それとも、父上は初江おばさんの方がいいの」

「い、いや、そんなことはない」

宗五郎は言葉につまった。

小雪は、宗五郎と初江がわりない仲になっていることは知らない。いつか話さねばと思っているのだが、なかなか言い出せないでいるのだ。

「小雪がいれば、我が家に安泰だ……」

宗五郎はつぶやくように言って、その話をうちきった。

ふたりは、浅草御門《あさくさごもん》の前を左にまがり、神田川に沿って柳橋方面に歩いた。しばらく歩いた先の川端に、ときどきふたりで、そばを食いにいく藪平《やぶへい》というそば屋がある。

そこへ行くつもりで、茅町から平右衛門町《へいえもんちょう》に入ったときだった。

宗五郎は、背後から足早に迫ってくる数人の足音を聞いて振り返った。

三人の武士が、走り寄ってくる姿が見えた。

前につっこむような姿勢で走ってくる姿に殺気があった。異様な風体である。いずれも、深編み笠で顔を隠していた。闇に溶ける黒袴に焦茶《こげちゃ》の小袖。袴の股だちを取り、左手で刀の鯉口《こいぐち》あたりを握っている。

通りは神田川に面していて、料理茶屋や船宿などが多く、軒下の雪洞《ぼんぼり》やかけ行灯《あんどん》などの灯《ひ》が夜闇に映えていた。まばらだが、人通りもある。

まさか、このような場所で、と思ったが、間違いなく宗五郎たちを狙った襲撃だった。

三人の異様な風体と荒々しい足音に、ただならぬものを感じとった通行人がばらばらと逃げ散った。

「小雪！　あそこへ」

宗五郎は、近くの猪牙舟の舫《もや》ってある桟橋に小雪を走らせ、その前に立ちふさがった。

三人の武士は走り寄ると、宗五郎を三方からとりかこみ、深編み笠を取って川面に投じた。編み笠の下に覆面をつけていた。顔は見えない。薄闇のなかで野走獣のように双眸がひかっている。

「何者だ！　おれは芸人だ、武家に襲われるような覚えはないぞ」

宗五郎は誰何《すいか》しながら、腰の刀に手を伸ばした。

三人の武士は無言だった。腰を捻《ひね》って抜刀すると、三人とも同じように右八相から刀身を背後に倒し、肩に担ぐように構えた。

（無念流、隠剣《かくしけん》！）

宗五郎は、無念流に隠剣と呼ばれる秘伝の技があることを知っていた。

その構えには、刀身を敵の目から隠すことで斬撃の間を読ませない狙いがある。しかし、この剣の恐ろしさは、己の体を敵の切っ先の前に晒すことで、防御の気持を捨てさり、一撃必殺の捨て身の剣を揮《ふる》うところにある。

「彦江藩の者か！」

宗五郎は言いざま、抜刀した。

無銘《むめい》だが、二尺四寸の身幅《みはば》の広い剛刀である。

宗五郎は下段に構えて、素早く三人との間合と斬撃の色《いろ》(気配)を読んだ。

三人とも、一足一刀の間境《まざかい》の外にいた。正面の男の左肩に斬撃の気配があるが、一撃必殺の気魄《きはく》がない。右手の男は、腰がやや浮いている。左手の男の体に激しい気勢がみなぎり、右足がジリジリと前に出、間境を越えようとしていた。

(左手の者が斬り手だ!)

宗五郎はそう察知した。

宗五郎の遣う真抜流は、間積《まづも》りと太刀《たち》筋《すじ》の見切りを極意としている。敵が複数であってもかわらない。

集団でひとりをとりかこんだとき、同時に斬りこむと同士討ちする恐れがある。そのため、斬殺に慣れた集団は牽制《けんせい》役と初太刀、二の太刀の斬り手を置く。

宗五郎はすばやく、正面の男が牽制役、左手が初太刀、右手が二の太刀、と読んだ。

正面の敵の左肘《ひだりひじ》がわずかに浮いた瞬間、
キエエイ!

喉を裂くような無念流独特の甲声《かんごえ》とともに刃唸りがし、宗五郎の鼻先へ切っ先がのびた。

牽制のための捨《す》て太刀《たち》である。

この斬撃を、避けようと反応した瞬間、左手の初太刀がくる。

宗五郎はその初太刀を誘うように、わずかに身を引いた。

刹那《せつな》、甲声を発しながら、左手の男の斬撃が、宗五郎の頭上をおそった。

間一髪。宗五郎の小袖の袖が黒鳥のようにひるがえり、剛刀が唸った。

宗五郎は流れるような体捌《たいさば》きで左手の男の刀身をかわし、斬りこんで来た男の右手をすり抜けて胴を深く薙《な》ぎ斬っていた。

頭上に伸びた敵の太刀を見切って、間一髪の差でかわす。これが真抜流の極意であり、宗五郎が首屋として生きてこられたのもこの極意を会得していたからなのである。

獣のような呻《うめ》き声をあげ、腹を抉《えぐ》られた男はよたよたと数歩前におよいだ。斬り裂かれた腹部から、白っぽい臓腑が溢れて下腹部に垂れ下がっている。

グワッ、と一声発し、のけ反るように背筋を伸ばしたあと、男はくずれるように倒れた。

この凄まじい斬撃に、右手にいた男の動きがすくんだようにとまり、二の太刀が一瞬遅れた。宗五郎は素早く右手に踏み込むと、刀身を振り上げざま袈裟に斬り落とした。たたきつけるような斬撃だった。この太刀が斬りこもうとした男の右腕をとらえた。

わずかな骨音《こつおん》を残して、右腕が夜陰に飛び、腕の斬り口から血が赤い棒のように勢いよく疾《はし》った。

男は絶叫をあげて、血の噴出する右腕を腹に押し当てるようにして蹲《うずくま》る。

「ひ、引け！」

正面にいた男が、驚愕と恐怖に目をひき攣《つ》らせて叫んだ。宗五郎の凄まじい太刀《たち》捌《さば》きに恐れをなしたようだ。

反転して逃げる男の後を追い、右腕を斬られた男も立ち上がって駆け出した。

「父上！」

小雪が桟橋の板を鳴らしながら、駆け寄ってきた。

「怪我《けが》はないか」

「はい」

小雪を抱き上げた宗五郎は、返り血を浴びた頤《おとがい》のあたりをこすりながら、この顔ではそば屋に入れんな、と苦笑いを浮かべて、小雪と顔を見合わせた。

宗五郎が腹を斬られて横たわっている男に視線を落とし生死を確認していると、逃げ散っていた通行人が闇から這《は》い出てくるように集まってきた。

すでに、男は絶命していた。

長居は無用だった。

「おい、だれか、番屋に知らせてくれ。辻斬りだ」

宗五郎はそう言い置くと、小雪を抱きかかえたまま長屋のある茅町の方へ足早に歩き出した。

6

神田佐久間町の町屋のたてこんだ細い通りの一角に、無念流剣術指南の看板を出した道場があった。道場といっても、敷地内は荒れ放題で、周囲をかこった板塀はところどころ朽ち落ちていたし、軒先には蔓草《つるくさ》がはっていた。はたして、稽古をしているのか、ここ久しく竹刀《しない》の音や気合などが聞こえてきたことはない。

道場の板張りの床にはうっすらと埃が積もり、神棚《かみだな》の下にある一段高くなった正面の座敷の畳は傷んでささくれだっていた。

その道場の中で、八人の男が酒を飲んでいた。六人は車座になって道場の床に座り込んで飲んでいたが、ふたりだけが離れた場所にいた。ひとりは神棚の下の座敷に胡座《あぐら》をかき、もうひとりは竹刀掛けのあるちかくの柱に寄りかかっていた。ふたりとも、貧乏徳利の酒を茶碗に手酌で注いで飲んでいる。

「おい、丹波《たんば》、弥三郎《やさぶろう》はどうした」

座敷にいる男が、道場の床で車座になっている男のひとりに声をかけた。

声をかけた男は、瘦身長軀《そうしんちょうく》で総髪を盆《ぼん》の窪《くぼ》あたりで束ねていた。肉を抉りとったように頰がこけ、鷲鼻《わしばな》が異様に高い。くちばしの長い猛禽を思わせるような怪異な風貌だった。

歳は四十前後、着流しの小袖の襟元《えりもと》がだらしなくはだけていたが、その双眸は多くの人を斬った兵法者のような酷薄なひかりをおびている。

「命に別状はないようですが、奥の座敷でうなっております」

丹波と呼ばれた男が応えた。

弥三郎は大月《おおつき》弥三郎といい、丹波とともに平右衛門町で宗五郎と小雪を襲った三人組のうちのひとりである。

「右腕を失っては、弥三郎も使いものにならぬな」

「先生、首屋の遣う真抜流、予想以上の剛剣でございました」

丹波が酒で赤くなった丸顔を無念そうにゆがめた。

「無念流、隠剣も通じなかったわけか」

「はい。……八方剣《はっぽうけん》にて挑みましたが、あやつ、こっちの動きを読んでおりました」

「そうとうな手練《てだれ》だのう」

そう言うと、先生と呼ばれた男は、尖った喉仏《のどぼとけ》を動かしながらグビグビと飲んだ。かなりの酒飲みらしく、酒焼《さかやけ》で肌が赭《あか》黒く染まっている。この男、長瀬京三《ながせきようぞう》といい、この道場の主だった。

もっとも、長瀬が道場を経営していたのは五、六年前までで、今は金のありそうな商人の揉め事に首をつっこんだり、博奕打《ばくちう》ちや料理茶屋などの用心棒などをして金をせしめていた。若い頃、丹波と大月は貧乏御家人の冷や飯食いだったが、今は家を出て牢人暮らしをしていた。若い頃、長瀬道場の門弟だった縁から、道場に出入りし、長瀬から与えられるわずかな金で糊《こ》口《こう》をしのいでいる身だった。他の五人も、元門弟だった者たちで似たり寄ったりの境遇である。

また、丹波の話にでた八方剣というのは、この道場だけの呼び方で、集団で敵を襲う攻撃法である。集団が牽制役、斬り手に分かれ、敵の隙《すき》をついて、一の太刀、二の太刀と八方から間をおかずに斬りこむ。

咄嗟《とつさ》に、宗五郎はこの攻撃を読んで対応したのである。

そのとき、ふいに柱に寄りかかっていた男が、

「笑止、島田には、うぬらのような腑抜《ふぬけ》では歯がたたぬわ」

嘲弄《ちようろう》するような口調で、言い放った。

六尺ちかい魁偉《かいい》な体軀《たいく》、褐色の双眸が梟《ふくろう》のようにうすくひかっている。この男の名は佐竹鵜之介、美里の父高山清兵衛を斬って彦江藩を出奔してきた男である。

「な、なに！　われらを愚弄する気か！」

丹波が怒声をあげた。

佐竹を睨《にら》んだ丸顔が熟柿《じゅくし》のように赭《あか》く染まり、刀をつかんだ手が怒りに震えている。他の六人も殺気だった目で佐竹を睨み、刀をつかんで立ち上がろうとした。

「島田には、うぬらが束になってもかなわぬ」

佐竹は口元に嘲笑を浮かべたまま平然として言った。

「うぬ！　言わせておけば、図に乗りおって。立てい！　きさまが、どれほどの遣い手か、見てやるわ」

丹波は熱《いき》り立って、佐竹の前に歩み寄った。他の五人もいっせいに立ち上がる。道場内は殺気だった雰囲気につつまれた。

「よせ、よせ、怪我をするだけだ」

佐竹は、取り込んだ連中などまるで眼中にないといった態度で、手にした茶碗酒をゆっくりと口に運んだ。

「おのれ！　許せん、立ち合えい！」

丹波が怒号を発し、板壁にかかっていた木刀をつかんだ。

「待て、丹波」

そのとき、正面の座敷にいた長瀬が丹波を制して立ち上がった。

「のう、佐竹どの、益田屋からしばらく道場であずかるよう頼まれているので、好きなようにさせているが、あまり傲慢《ごうまん》な口をきいてもらっては困る。この長瀬道場の顔もたててもらわんとな」

そう言って、長瀬は佐竹のそばに歩み寄った。

「これほどの荒れ道場、顔をたてるもなにもあるまい」

佐竹は口元に嘲笑をうかべたまま、長瀬を見上げた。

「ほほう、たいした自信だな。それほどまでに、言うのなら、貴公の腕を見せてもらおうか。なにせ、堂本座で素手の芸人を斬ったところしか、目にしておらんのでな。貴公、骨喰みの剣とやらを遣うそうだが、抵抗せぬ者や死骸《むくろ》を斬る据《す》え物斬《ものぎ》りの剣ではあるまい」

長瀬も酷薄そうな目をむけ、挑発するような口のきき方をした。

「よかろう、座興に見せてやろう」

佐竹が立ち上がった。

「おもしろい」

長瀬が不敵な嗤いをうかべ、ならば、拙者が相手をしよう、と言って、板壁にかかってい
た木刀をつかんだ。

「先生、まずは、拙者が！」

慌てて、丹波が長瀬の前に走り出たが、長瀬はそれを制し、

「こやつも無念流を遣うそうだが、当流の神髄を見せてくれよう。丹波たちは、隅で見取《みと》り
稽古《けいこ》でもしておれ」

そう言って手頃な木刀をつかむと、ビュウ、と一振りくれた。

「遠慮は無用！　いざ！」

長瀬は敵の左目に切っ先をつける青眼に構えた。

ばらばらと丹波たち六人は道場の隅に散り、腰を落とすと、固唾《かたず》を飲んでふたりに視線を
集めた。

7

荒れ道場とはいえ、さすがに、無念流の道場主である。長瀬が背筋を伸ばして木刀を構え
ると、全身に気勢がみなぎり、枯れ木のように見えた痩身が大樹のように大きくどっしりと

して見えた。

間合《まあい》はおよそ四間。ぴたりと佐竹の喉元につけられた剣尖《けんせん》は槍穂のように鋭く、全身から敵を威圧する激しい剣気を放射していた。

「ほう、落ちぶれたとはいえ、さすがに、道場の主、いい構えだ」

佐竹の口元から嗤いが消え、双眸が獰猛《どうもう》な獣のようなひかりを帯びた。

だが、佐竹は木刀を構えようとはせず、右手でつかんだ木刀を右肩に担ぐようにして持つと、大義そうな足取りでゆっくりと間をつめてきた。

「佐竹、それが、骨喰みの剣の構えか！」

長瀬の顔が、怒りとも狂気ともつかぬ表情を浮かべてゆがんだ。佐竹のふてぶてしい態度は、長瀬を小馬鹿にしているとしか見えなかったのだ。

「さて、どうかな。試してみろ」

そう言うと、佐竹は木刀の柄頭《つかがしら》を左手で握り、わずかに腰を沈めた。

瞬間、両者の間に緊張が疾《はし》った。

（隠剣をくずした構えか！）

長瀬は、佐竹の木刀を肩に担いだ覇気《はき》のない構えが、刀身を敵の目から隠す隠剣を我流に変化させたものだと、看破したのだ。

「参ろう！」

長瀬は青眼から左足を前に出し、刀身を背後に引いて脇構《わきがま》えにとった。これも、無念流の隠剣のひとつで、相手との間合をはずすだけでなく、先に相手に攻撃させて応じる後《ご》の先《せん》の仕掛けとなる。長瀬のもっとも得意とする技だった。

フッ、と佐竹の口元に嗤いが浮いたが、すぐに嗤いは消え、その巨軀に気勢がみなぎると、無造作に長瀬との斬撃の間に迫ってきた。

長瀬は眼前に巨岩が迫ってくるような凄まじい威圧を感じた。

（こやつ、できる！）

長瀬は佐竹の並々ならぬ力量を察知した。

だが、長瀬は臆さなかった。全身に剣気をこめ、佐竹の仕掛けの一瞬を読もうと、その痩身に気を集中させた。

イヤアッ！

怒号のような気合とともに、佐竹の体が伸び上がり、右肩に担いだ木刀の柄頭が、ピクッと動いた。

佐竹が見せた斬撃の色（気配）である。

この色を、面か袈裟にくる斬撃の起こりと感知した長瀬は、キエエイ！

無念流独特の甲声を発して、車から振り上げざま、袈裟に斬りこんだ。鋭い打ち込みである。が、間髪《かんはつ》をいれず、佐竹の巨軀が前に躍り、肩に担いでいた木刀が唸りをあげて弧を描いた。

カッ、と木刀の弾《はじ》き合う乾いた音がひびき、両者の体が接近したと見えた次の瞬間、大きく踏み込みながら振り下ろされた佐竹の木刀は、長瀬の木刀にかぶさり、弾き、そのまま、左肩に食いこんでいた。

長瀬の切っ先は、佐竹の厚い胸をかすめただけで流れている。

「こ、これは！」

長瀬は驚愕に目を剝き、一瞬、呆然としてその場につっ立っていた。

勝負は一瞬一合《いっしゅんいちごう》だった。まさに、佐竹の剣は肉を切らせて骨を断つ剛剣だった。しかも、敵の動きを読み迅雷のように迅《はや》い。

「こ、これが、骨喰みの剣か……！」

長瀬は顔をこわばらせたまま、よろよろと後じさった。

佐竹が、寸止《すんど》めをしたため、打撲ですんだが、そのまま打ち込んでいたら鎖骨から肋骨まで折られていただろう。

「おのれい！　佐竹！」

そのとき、憤怒に顔を染め、刀をつかんで丹波が立ち上がった。いっせいに、他の五人も立ち、走り寄って佐竹をとりかこもうとした。

「待て！　仲間同士で斬り合ってどうする」

長瀬が激しい口調で制した。

長瀬は、八方陣でむかっても佐竹は討てぬかもしれぬ、と思った。たとえ討てたとしても、多数死人が出るのはまちがいなかった。

（この男を利用する方が上策だ）

と、咄嗟《とっさ》に長瀬は思った。

「みごとな腕よ。貴公なら遅れをとるようなことはあるまい」

肩口を押さえながら、長瀬が言った。

「座興はここまでのようだな」

そう言うと、佐竹は手にした木刀を床に放り出した。転がった木刀は長瀬の足元まできてとまった。

長瀬はその木刀を拾いあげると、

「堂本座の者を討つ助勢をしていただきたいが……」

と媚《こ》びるような声で言った。

「助太刀などせぬ。……が、堂本座の者で、うぬらの手に余る者は、おれが斬ろう。ただし、おれの取り分はひとり頭、三十両」

「拙者にそのような金はない」

「うぬに出してもらおうとは思わぬわ」

「では、だれに」

「金蔓《かねづる》は益田屋よ」

佐竹は爛々《らんらん》とひかる飢狼のような目で長瀬を見つめながら言った。

第三章　大道芸人

1

両国広小路の橋番所の後ろに、木戸を閉めたままの見世物小屋があった。三月《みつき》ほど前までは、娘義太夫《むすめぎだゆう》で人気を呼んでいたのだが、お上から上演を禁止され木戸が閉まったままなのだ。

その木戸の前に、ひとりの男が座っていた。周囲の地面をきれいに掃いて水を撒き、座布団を敷いた上に端座し、いくつもの布袋を傍らにおいている。

この男は、豆蔵長屋の住人で、頼光《らいこう》の与兵衛《よへえ》という砂絵描《すなえか》きである。傍らの布袋には五色に染めた砂が入っているが、その砂で絵を描いて見せ、銭を貰うのである。源頼光《みなもとのよりみつ》の鬼退治の絵を得意として、好んで描くことから頼光の与兵衛と呼ばれていた。

与兵衛は、布袋に手を差し入れ、砂をつかみ出すと、指の間から砂をこぼし地面に絵を描きはじめた。五色の砂を巧みに使って、ときには糸のように細く線を引き、ときには薄絹のごとく撒き散らし、しだいに絵が輪郭をあらわしてくる。

与兵衛は無言で、一心に絵を描いているだけだが、その前に通行人がひとりふたりと立ち止まり、やがて人垣ができる。

どういうわけか、この日、与兵衛の指の間からこぼれ落ちる砂は白がほとんどである。どうやら、絵は頼光の鬼退治ではないようだ。

「おお、白鷺か！」

人垣の中から声がした。

「菊之丞の白鷺の舞いの図だぜ」

別のところから感嘆の声があがった。

見物人の言うとおり、与兵衛の膝前の地面には、菊之丞が青竹の上で両手を開き、白布を空中に流して舞っている図がしだいにあらわれてきた。

絵を眺めている見物人の間から、「そういやァ、菊之丞は押し込みに連れ去られたというぜ」という声がし、その声に誘発されたように、「いったい、どこのどいつだい」、「三人組だそうだ」、「おいら、人相のよくねえ三人が、浅草御門の方へ走っていくのを見たぜ」などと私語があちこちで聞こえだす。

与兵衛だけは黙って砂絵を描き続けている。

人相のよくない三人が浅草御門の方へ走っていくのを見た、と言った若い大工のそばに、半纏《はんてん》に股引《ももひき》姿の職人ふうの男が、スッと近付いて、

「おめえが見たのは侍じゃァなかったかい」

と話しかけた。

この男は、さっき菊之丞が拉致されたらしいと言い出した男で、弥吉《やきち》といい、与兵衛に砂絵の描き方を習っている者なのだ。

弥吉が若い大工からすっかり聞き出したころ、与兵衛の絵は完成し、見物人のなかからバラバラと銭が飛んだ。

これは町の噂を聞き取り、菊之丞の拉致者を探しだすために、与兵衛と弥吉の仕組んだことだったのだ。

ちょうど、同じ頃、柳橋の浜鳥の玄関先の見える川岸の空き地で、剣呑《けんのみ》の長助が通行人やちかくの住人を集めていた。

長助は言葉巧みに見物人を集めると、匕首《あいくち》を呑んで見せた。奥歯に切っ先を当てて押すと、柄のなかに刀身がひっこむようになっているのだが、見物人の目には実際に呑みこまれたように見える。

長助は八寸の匕首から、一尺八寸の脇差《わきざし》まで、数本呑んで見せていたが、その間に、長助と組んでいる茂平《もへい》と長助の女房のお蔦《つた》が、見物人の間をめぐって、しきりに話しかけていた。

「南町《みなみまち》奉行所の与力の旦那が、浜鳥へはいるのを見かけたけど、いいご身分だねえ」

と、ちかくの河岸で猪牙舟《ちょきぶね》の船頭をしている男に、茂平が声をかける。

「万造おやぶんは、柳橋あたりにも顔が利くようだね。あたしゃァ、このちかくで何度も見かけたよ」

と、お蔦が浜鳥の隣の船宿の女中に近付いて、何気なく話しかける。

「嫌なやつさ。金の臭いを嗅ぎつけると、どこへでも顔を出すんだから」

「いい金蔓《かねづる》でもつかんだのかね」

「大きな声じゃァいえないけどね。益田屋さ、米問屋の。あたしゃァ何度か、ふたりが浜鳥から出てくるのを見たよ」

「へえ、小網町の益田屋とね……」

お蔦は、女中から巧みに万造と益田屋のことを聞き出した。


翌日、五ツ（午前八時）を過ぎたころ――。

浜鳥から少し離れた平右衛門町の甚助長屋《じんすけながや》の井戸端に、盥廻《たらいまわ》しの英助《えいすけ》がいた。この男も堂本座の大道芸人である。

盥廻しというのは、一丈《じょう》（約三メートル）ほどの青竹の先で、盥を回して見せる芸だが、ただ回すだけでなく、その竹を槍にみたてて、大名行列の奴《やっこ》の真似をして見せたりする。

ただ、この日英助は盥廻しの芸を見せるために甚助長屋に来たのではない。浜鳥に女中として働きにでている娘がいることを知っていて、長屋に顔を出したのだ。

井戸端には、五、六人長屋の女がいた。柳橋や浅草御門のちかくで芸を観せることもあって、女たちとは顔見知りだった。見ると、お目当てのお松という娘が、女たちに交じって洗濯をしている。

「あら、英助さん、お前さんの盥で洗濯でもしてくれるのかい」

英助の姿を見かけると、丸顔の年増《としま》がすぐに声をかけてきた。

女たちはお互いの顔を見合い、含み笑いをもらした。英助は若く男前だったので、女たちは英助が話にくわわることを喜んでいるのだ。

「てやんでえ、おめえの二布《ふたの》（腰巻）なんぞを洗ったら、おいらの盥がまがっちまうぜ」

英助は悪態をつきながら、お松《まつ》の後ろに立つと、

「お松、浜鳥はやめたのかい」

と訊いた。

「やめやしないよ、これから……」

お松は襷《たすき》で露になった腕で、額に垂れた髪をかきあげながら言った。

「実はな、お松、日本橋の方にも盥廻しにいってみようと思ってるんだが、浜鳥に小網町の益田屋の旦那がときどき来るだろう。ちょいと、会わせちゃァもらえねえかな」

英助は他の女にも聞こえるような声で言った。

「なんで、益田屋さんに……」

お松は怪訝《けげん》な顔をして、洗濯の手をとめて背後の英助を振り返った。

「なあに、ていしたことじゃァねえんだ。店の脇にちょっとした空き地があってな。そこで盥廻しをやらせちゃァもらえねえかと思ってな」

「だめ、だめ、あたしなんか、益田屋さんのそばにも寄れないんだから」

お松は慌てて首を振ると、盥に手をつっこんでゴシゴシと洗いだした。

「だってよ、女でも連れ込んでしっぽりやってんだろう。会わせるぐれえ、できねえのかい」

「だめよ、……そんなんじゃないんだから」

「ひとりで飲んでるわけじゃァあるめえ」

「大きい声じゃァいえないけどね、相手はお奉行所の旦那とか、お侍さまとかで、女っ気《おんなけ》なしの堅い話ばっかりだそうよ」

「お侍だと……。ああ、益田屋さんはお大名の江戸への廻送米を商っているそうだから、藩のお侍との談合だろう」

英助はこともなげに訊いた。

「それがちがうのよ。ほら、門弟が集まらなくてつぶれた佐久間町の長瀬道場、あそこに出入りしてる牢人よ」

お松が急に声を落とした。

「へえ、長瀬道場ねえ……」

英助は、菊之丞を連れ去った三人組と何かかかわりがあるような気がした。

それから、英助は、お里さん、いい櫛《くし》、挿してるねえ、おお、二布の間から、観音さまが覗きそうだぜ、などと、女たちをからかった後、甚助長屋を出た。

英助の行き先は、長瀬道場のある佐久間町である。

堂本座の数百人の大道芸人たちが、いっせいに江戸の町へ散り、菊之丞の行方と見世物小屋を襲った三人組の正体を探っていた。かれらは、それぞれの特技や話術を生かし、両国広小路のような盛り場の往来から棟割り長屋の隅々にまで入り込んで、丹念に情報をかき集めた。

しかも、日常の大道芸のなかでやってのけ、相手に聴取されていることすら意識させない巧みさであった。

江戸中の岡っ引きや同心が総動員しても太刀打ちできない、この強大な情報収集力と結束こそが堂本座の力なのである。

2

滝井と浜島で会ってから十日ほど経った夜、元鳥越町の堂本の住居に七人の男が顔をそろえていた。堂本、宗五郎、居合の源水、籠抜けの浅次、豆蔵長屋の米吉、講釈長屋の彦斎、それに生駒大助である。

堂本座にことあるときは、大助を除いた六人が集まって相談することが多かったが、菊之丞を拉致された大助も堂本から声がかかったのだ。

「今夜は茶だけで、我慢してくださいよ」

堂本は前に座した六人の男に、視線をまわしながら言った。

横から行灯《あんどん》の灯をうけた堂本の顔に、ふだんの柔和な表情はなかった。細い目の奥の瞳が行灯を映して熾火《おきび》のようにひかり、ぬらりとした面貌《おもて》が夜叉《やしゃ》のような陰影を刻んでいた。心底まで凍らせるような凄味がある。これが、数百人の座員を束ねる堂本座の頭としての本来の顔なのだ。

「与力の滝井の後ろにいる男が知れましたよ。小網町の米問屋、益田屋藤四郎です」

堂本が言った。

「益田屋だと。……米問屋が芸人に手を出して何をするつもりだ」

宗五郎が怪訝な顔をした。

「さて、魂胆は知れませんが、金を出しているのは間違いないようで」

「菊之丞をさらったのも、益田屋の差し金か」

「いや、まだ、そこまではつかんでおりません」

「益田屋は陰間《かげま》好みではあるまいな」

宗五郎が訊いた。

陰間というのは、男娼のことである。若衆、色子《いろこ》などとも呼ばれ、陰間茶屋《かげまぢゃや》で客をとっていた。この時代、陰間は役者修業中の美少年が多く、宗五郎は菊之丞の若さと美貌から陰間として連れ去ったのではないかと思ったのだ。

「いえ、益田屋にそのような好みはないようですが……」

堂本は膝先のすこし冷えた茶に手をのばしながら言った。

「頭、小屋を襲った三人組のことで、何か知れたでしょうか」

大助が苦渋の色をうかべて訊いた。

菊之丞を拉致されてから、大助は舞台には立たず、足を棒にして両国界隈を聞き歩いていたのだ。

「それらしいのが浮かびましたよ」

「だれです」

「神田佐久間町の長瀬道場の者です」

「長瀬道場！　あそこは無念流だったな」

宗五郎が声をはさんだ。

「はい、ここ数年、あそこは道場というより無法者の巣のようになってましてな。菊之丞を連れ去ったのも、道場の者ではないかとみております」

「たしか、道場主は長瀬京三だったな」

宗五郎は長瀬のことは知っていた。

無念流の手練だが、性格が残忍で平気で丸腰の者も斬る、との噂を聞いていた。

「すると、おれと小雪を襲ったのも、長瀬道場の者か……」

宗五郎は平右衛門町で襲撃されたことは堂本に話してあったが、そのときの様子をまた話した。

「宗五郎どのの話では、右腕を斬り落とされた者がいるとのことだが、英助が探ったところでは、道場の奥にそれらしい男がいるとのこと。まず、間違いありますまい」

堂本が念を押すように言った。

「そこに、佐竹鶫之介はいなかったか」

宗五郎が訊いた。すでに、居合わせた六人に、佐竹のことは伝えてあった。

「さて、佐竹がいるかどうかははっきりしませんが、七、八人の人相の良くない牢人が出入りしてるとのこと。あるいは、そのなかに……」

堂本は、芸人たちが長瀬道場を探ってますので、ちかいうちにはっきりしましょう、と言って、冷めた茶を一口すすり、

「気になるのは、益田屋が何をたくらんでいるかです」

と、鋭い視線を一同にまわした。

「堂本座の縄張に、米屋を出すつもりじゃァねえだろうな」

浅次が苛立った声をだした。

「いえ、おそらく益田屋が欲しいのは江戸の町に散った芸人たちの目や耳でしょう」

そう、堂本は言ったが、腑に落ちぬ顔付きだった。

「目と耳とは」

源水が訊いた。

「米相場にかかわる巷《ちまた》の噂ですよ。一升の値が一文ちがっても、何万石と動かす益田屋にとっては莫大な利益を生むでしょうからな」

「そのために、堂本座を手中に収めたいということか」

「それだけの値打ちが堂本座にあるということでしょうが、どうも、すっきりしませんな。少しやり方が強引過ぎます。……菊之丞をさらったり、与力を仲間に引き入れるようなことまでしなくてもいいと思うんですが」

堂本は首をひねった。

「頭、いずれにしろ、菊之丞を探し出せば、相手の肚《はら》の内も読めるんじゃァありませんか」

黙って、話を聞いていた米吉が言った。

「そうだな。米吉、彦斎、長屋の者たちに、あらためて菊之丞の行方を探すよう伝えてもらいたいが」

堂本がそう言うと、ふたりは、ちいさくうなずいた。

「それから、今夜ここに集まってもらったのは、もうひとつみなさんに伝えたいことがあったからなんです。宗五郎さんは返り討ちにしたが、相手が長瀬道場の牢人たちとなると、このまま済むとは思えない。みなさんをきっと狙ってきますよ」

「頭もか」

源水が驚いたような顔で聞き返した。

「いや、わたしを狙うなら真っ先に仕掛けてきましょう。敵が始末しようとしているのは、みなさんですよ。いずれにしろ、腕のたつ宗五郎さんや、源水さん、それに浅次が邪魔でしょうからな」

「益田屋はそのために長瀬道場の者を金で買ったか」

と、源水。

「うむ……。無念流はあなどれぬぞ。捨剣と称する捨て身の技と、集団のときは八方剣を遣う」

宗五郎が、あらためて平右衛門町での敵の動きと太刀《たち》捌《さば》きとを、源水と浅次に話した。

「くれぐれも、油断をせぬよう、お願いしますよ」

堂本が念をおした。

「なあに、大勢で来やがったら、尻をまくって逃げの一手でさァ」

浅次が鍛えた太い二の腕を撫でながら、剽《ひょう》げた声をあげた。

3

居合の源水の場所《ばしょ》は浅草寺の境内である。高下駄を履き、刃渡り四尺もある長刀を参詣客相手に抜いて観《み》せている。通常、居合抜きは、居合で客を集め歯磨《はみがき》や膏薬《こうやく》などを売るのだが、源水は居合だけを観せて投げ銭を得ていた。

源水の観せるのは、こけ脅しの技や小僧（助手）との滑稽な軽口で観客を煙にまいて歯磨や薬類を売りつける香具師《やし》とちがって、本物の居合術である。

抜刀だけでなく、舞い落ちる紙や三方《さんぼう》の上に置いた大根などを斬って見せるが、その鋭い太刀捌きや迅さは素人《しろうと》の目にも手練《しゅれん》の早業に映る。

素人はむろんだが、心得のある武士も感心して銭を投げるのだ。

その日、源水が商売道具の長刀を剣袋《けんぶくろ》にしまい、袖を絞っていた襷《たすき》をといたのは、暮れ六ツ（午後六時）を過ぎてからだった。

西日が沈み、浅草寺の境内にも薄墨を掃《は》いたような闇が忍んできていた。

「旦那、いっしょに帰《けえ》りやすか」

声をかけたのは、豆蔵長屋の片身《かたみ》変《が》わりの半兵衛である。半兵衛も境内で芸を観せており、辺りが暗くなってきたのでしまいにしたらしい。

半兵衛は大道に立ち、ひとりで芝居の名場面を演じて観せているのだが、変わった身装《みなり》をする者の多い芸人のなかでも、この男ほど奇妙な扮装の者はいない。

半兵衛は鶴屋南北作の『お染、久松』の芝居を演じることが多かったが、顔の半面に白粉を塗ってお染《そめ》を、半面を浅黒く塗って久松《ひさまつ》をつくっていた。衣類も巧みにつなぎ合わせてそれらしく変装し、左右に身をひるがえしながら、ひとりで二役を演じて見せるのだ。むろん、演技は軽妙で声音までもつかい分ける。

「どうだ、今日の稼ぎは」

源水は商売道具の長刀を脇にかかえながら、半兵衛と連れだって雷門《かみなりもん》を出て駒形町《こまがたちょう》の方へむかった。町並は暮色におおわれ、各店の大戸は閉められていたが、往来を歩く人の姿はまだ多かった。

薄雲が夜空をおおっているらしく、月はおぼろに霞み、家屋のまわりを濃い闇がとざしていた。料理屋や一膳飯屋などから洩れてくる灯《ひ》が、妙に明るく通りを照らしている。

「立ち止まって見る者は多いんですがね、銭を投げるのが減っちまって……。御政道のせいですかね。金銀細工はだめ、芝居はだめ、初物はだめ、店先の将棋までだめときちゃァ、お足を投げる気もなくなりまさァ」

半兵衛は通行人に聞こえないように小声で言った。お上に批判的な言動が町方に知られれば、咎《とが》められる恐れがあったのだ。

半兵衛は顔の化粧は拭き取っていたが、衣装と髪形はそのままで、芝居で使う小道具を包んだ風呂敷をかかえ、とぼとぼと歩きながら、

「旦那、ちょいと気になることを耳にしたんですがね」

と言って、源水の方に久松の方の顔をむけた。

「気になるとは」

「へい、芝居好きの小間物《こまもの》屋の女房なんですがね。あっしの、ひとり芝居を観ながら、森田《もりた》座に出てた市村新次郎《いちむらしんじろう》ってえ、売り出し中だった女形が四年前に姿を消したことがあるって喋ってましてね」

森田座というのは、芝居の江戸三座のうちのひとつである。昨年、中村座、市村座とともに浅草猿若《さるわか》町に移転させられたばかりだった。

「…………」

「新次郎は、こっちが十八番だったようで」

半兵衛は、くるりと首をひねって、お染の方の白い顔を源水に見せた。

「なるほど。小間物屋の女房はその顔を見て、お染を演じた新次郎を思い出したってわけ

か」

「へえ。……あっしは菊之丞さんと似たところがあると思いやしてね。芝居の合間にそれとなく話を聞き出したんですが、新次郎の行方が知れなくなって半月ほどして、死骸《おろく》が大川に浮かんだというんで」

「殺されたのか」

「刀傷も折檻《せっかん》されたような傷跡もなかったそうですが、何でも精気を吸い取られたように痩せ細っていたらしいんで」

「どういうことだ……」

思案するように、源水の足が遅くなった。

「さて、あっしには見当もつかねえが、早《はえ》えとこ、菊之丞さんも見つけ出さねえと、同じような目に遭《あ》うんじゃァねえかと、そんな気がしやしてね」

「そうだな」

源水も、日数が経てば経つほど菊之丞を助け出すのは難しくなるような気がしていた。

ふたりは、駒形堂の前を通り、諏訪町《すわちょう》へはいった。この辺りまで来ると、浅草寺からも離れ、通りは急に寂しくなる。おもて通りの家並は、夜闇のなかに沈んだようにひっそりと静まりかえっていた。往来の人の姿もまばらで、夜闇のなかにポツポツと提灯《ちょうちん》の明りが見えた。

諏訪町をしばらく歩いたとき、源水は背後から迫ってくる足音を聞いた。振り返ると、深編み笠の武士が三人、走って来る。異様な風体だった。闇に溶ける焦茶の小袖に黒袴。それに、夜闇のなかの編み笠はいかにも不自然だった。

(襲撃か!)

走り寄る三人の男たちに、殺気があった。

「半兵衛、逃げろ! 敵だ!」

「……………!」

半兵衛が顔をむけた。一瞬、お染の白顔と久松の浅黒い顔がかすかな明りで陰陽を分け、奇妙にゆがんでかたまった。

「逃げろ! 半兵衛」

と、源水はもう一度、強い口調で言ったが、前方からも走り寄る人影が見えた。深編み笠の武士が三人。挟み撃ちにするつもりのようだ。

「こっちへ!」

咄嗟《とっさ》に、源水は左手の露地に駆けこんだ。半兵衛も奇妙に顔をゆがめたまま必死で後を追ってくる。

敵は六人、無念流を遣うとみていい。源水は、ひとりならともかく六人の敵から半兵衛を守る自信はなかった。

ふたりは、狭い露地を走りぬけ、大川の川端に出た。滔々《とうとう》とながれる川面に屋根船《やねぶね》の雪洞《ぼんぼり》の灯《ひ》が映じ、対岸の本所の家並が黒く沈んだように見えていた。辺りに人影はなく、濃い闇が川岸をおおっていた。汀《みぎわ》に植えられ柳が長い枝を垂らし、川風に総髪を振りまわすように揺れ動いている。

ふたりは懸命に走ったが、追っ手の足音はすぐ背後まで迫ってきていた。複数の地を蹴る音と短い息遣いが、間近で聞こえる。

このまま逃げられぬ、と源水は察知した。

抱えていた剣袋から長刀を出すと、源水は素早く腰に差し、

「半兵衛、このまま走れ!」

と、叫びざま、足をとめて反転した。

刹那《せつな》、鞘走《さやばし》る音とともに源水の腰から白光が閃《ひらめ》いた。

凄まじい抜きつけの一刀だった。横一文字に斬り払われた四尺の刀身は、背後から迫ってきた武士の胴を深く薙《な》いだ。

瞬間、巨樹が両断されたように、武士の胴部がふたつに截断された。グラッと上半身が横にかしげ、音をたてて地面に崩れ落ちた。悲鳴も呻《うめ》き声もなかった。地面にころがった胴部

からおびただしい臓腑と血が溢れ出、無数の蟲《むし》の蠢《うごめ》くような音がした。

ばらばらと走り寄った武士は、すばやく源水を取りかこむと、編み笠を夜闇に放り投げた。

武士は四人、いずれも黒覆面で顔を隠している。

（ひとり足りない！）

追っ手は六人だった。だが、今、源水を取りかこんだ敵は四人。ひとり斬ったので、五人のはずだが、ひとり足りなかった。

川端の道をよろけながら逃げる半兵衛に目をやったが、そっちに向かっている様子もなかった。

源水を取りかこんだ四人は、いずれも右八相から刀身を背後に倒し、肩に担ぐように構えていた。

（これが、隠剣か！）

源水の脳裏に宗五郎から聞いた話がよぎった。

八方剣と称する戦法をとるつもりのようだ。強敵だった。八方から斬りこんでくる捨て身の剣に居合で対処するのはむずかしい。ひとりを斬り、活路を開いて逃げるより手はなかった。

源水はすばやく納刀すると、四人との間合をはかって居合腰に身を沈めた。

4

泳ぐような足取りで、半兵衛は川端の道を逃げた。抱えていた風呂敷包みは放り捨て、草鞋が脱げたのもかまわずに必死で走った。

一町（百メートル余）ほど走ったとき、ふいに、前方に人影があらわれた。川岸の漁具庫だったらしい廃屋の陰から、ぬっと黒装束の男が前に立ちふさがったのだ。黒装束といっても、黒羽織に袴姿の武士である。

覆面はしていなかった。巨軀《きょく》である。手にした編み笠を足元に落とすと、ずんずんと大股で歩み寄ってきた。その巨軀が、夜陰のなかに黒く巨岩のように見えた。双眸が獲物を狙う猛禽のようにうすくひかっている。

「……………！」

半兵衛は、その場にたち竦《すく》んだ。恐怖で頭の中が真っ白になり、喉から心《しん》の臓《ぞう》が飛び出してくるほどの激しい動悸《どうき》に喉がつまった。

「奇妙な顔だな」

武士が笑ったように見えた。

その笑いが半兵衛の恐怖をやわらげた。半兵衛は、へい、と応え愛想笑いを浮かべて、二、三度頭をさげた。半兵衛が低頭したのは、芸人としての習性だったのかもしれない。

「その顔では、成仏できまい」

いいざま、武士は刀の柄に手を伸ばした。

「……………！」

恐怖が半兵衛の体を貫き、その場に棒のようにつっ立った。

武士が、ぐい、と一歩前に出た瞬間、黒羽織の袖がひるがえり、剛刀が唸りをあげて半兵衛の頭上を襲った。

正面からの唐竹割《からたけわ》りである。

濡れ筵《むしろ》でもたたいたような骨肉を断つ音がし、半兵衛の顔がふたつに割れ、さらに胸のあたりまで斬り下げられた。

一瞬、お染の顔と久松のそれが、ふたつに離れたように見えたが、飛び散ったおびただしい血と脳漿《のうしよう》とでグシャグシャになった。半兵衛はその奇妙なふたつの顔とともにその場に崩れるように倒れた。

夜陰のなかで、かすかな血の噴出音がし、截断された体から血の臭いがたち昇った。

ふいに、武士は血刀をひっ下げたまま、羽織の袖や袴の裾をひるがえして走りだした。バサバサと大鷲の羽ばたきのような音がした。

源水は居合腰に沈めたまま、気を集中させ、四人の動きをとらえていた。正面の武士は牽制役で、一の太刀は左手の武士、二の太刀は背後の武士、と読んでいた。

連続してくる八方からの斬撃を避けるには、間合から逃れるより他に手はなかった。右手に跳びながら抜き上げ、敵の体の脇をすり抜け囲いを破って間合から逃れる、そう源水は決めていた。

抜刀の一瞬が、勝負を決するはずだった。

源水は、左手の武士が動いた瞬間が、抜刀の機《き》ととらえていた。

チリッ、と前方の男が爪先で小石でも踏んだ音がした。その構えに気勢がのり、斬撃の気配がみなぎっている。

つづいて、左手の武士の柄頭がピクッと動いた。

来る！　と察知した刹那《せつな》、

イヤッ！　という鋭い気合を発し、源水は右手に大きく踏み込みながら逆袈裟に抜きあげた。

左手の武士の斬撃の起こりを、源水の四尺余の長刀の物打《ものうち》（切っ先三寸ほどの所）がとらえた。八相から斬り下ろそうと振り上げた、武士の脇腹を、逆袈裟に斬りあげたのだ。

鈍い骨音《こつおん》がし、一瞬、左手の武士の体が伸びあがり折れたように傾《かし》げた。グッ、と蟇《ひき》でも踏んだような呻き声を発し、武士は二、三歩たたらを踏むようによろけて、腰から砕けるように倒れた。

源水の動きは素早かった。一気に左手の武士の脇をすり抜けると、背後にいた男の斬撃がくる前に、間合から逃れていた。

源水は走った。

一度抜刀してしまうと、居合の力は半減する。敵にとりかこまれたら、まず、助からない。

「逃がすな！　追え」

三人はすぐに後を追ってきた。

そのとき、源水は前方から凄まじい勢いで走り寄る人影を見た。夜陰を失踪する巨獣のように見えた。凄まじい殺気だった。

黒い巨獣は荒い息を吐きながら、源水の眼前に急迫してくる。

「居合の源水、逃しはせぬわ」

源水の眼前につっ立った巨軀の武士は、歯を剝き両眼を炯々《けいけい》と光らせた。

その黒衣から血の臭いがした。こやつ、半兵衛を斬ってきた、と源水は直感した。

源水は歩をとめると、すばやく納刀し、

「うぬの名は」

と、遠間《とおま》に保ったまま誰何した。

ばらばらと三人の武士が走り寄り、源水を三方から取りかこんだ。

「佐竹鵜之介、島田から名ぐらい聞いておろう」

佐竹はふてぶてしい嗤いを浮かべた。

その巨軀に激しい気勢がみなぎり、両眼は獰猛《どうもう》な獣のひかりをおびていた。佐竹は同田貫《どうたぬき》と思われる肉厚の剛刀を八相に構えると、ぐいと一歩間合をつめ、

「手出し無用、さがれ！」

と、三人の武士に命じた。

その声に、三人がスッと背後に退く。

佐竹の構えは、盤根を張った巨樹のようにどっしりとしていた。それでいて、痺《しび》れるような剣気を全身から放射している。

（できる！）

源水は素早く居合腰に沈め、抜刀の体勢をとった。

宗五郎に聞いた骨喰みの剣は、八相からくるはずだった。どのような剣なのか、とにかく居合で勝負するより他にあるまい、と源水は臍《ほぞ》をかためた。

佐竹は足裏で地面をするように、ジリジリと間合を狭めてきた。まさに巨岩が迫ってくるような凄まじい迫力である。

源水は全身に気魄《きはく》をこめ、その威圧に耐えながら佐竹との間合を読んでいた。源水の刀は四尺余の長刀である。しかも、抜きつけの一刀は片手斬りで肘が伸びるため、さらに一尺は前に伸びる。

佐竹の予測を超えた遠間から抜きつけられる、そこに、一抹の勝機がある、と源水は読んでいた。

イヤッ！

鋭い気合を発し、源水は抜刀の気を全身にみなぎらせた。佐竹の磐石《ばんじゃく》の構えをくずすために、斬撃の色（気配）を見せて揺さぶったのである。

刹那《せつな》、佐竹が動いた。

八相から刀身を振り上げ、右足を斬撃の間に無造作に踏みいれた。

頭上へくる、と感知した源水は、裂帛《れっぱく》の気合とともに四尺余の長刀を抜き上げた。敵の斬撃をはじき、返す刀で胴を薙ぐつもりだった。

ギーン、という凄まじい金属音がし、源水の長刀が強烈な力で弾き飛ばされた。次の瞬間、刃唸りがし、激しい太刀風が首筋を掃いた。

アッ！　と声をあげて、源水は背後に大きく跳ね飛んだ。

佐竹の切っ先が源水の着物の胸を裂き、源水の刀身はおおきく流れていた。

恐るべき剛剣だった。しかも、佐竹は正確に源水の太刀筋を読んでいた。そのため、一刹《いっせつ》那《な》遅れて振り下ろされた佐竹の刀身は、源水の刀身を弾きながら反れずに袈裟に入ってきたのだ。

源水が遠間《とおま》から仕掛けたため、佐竹の切っ先は着物を裂いただけだったが、間合さえ誤らなければ、まちがいなく肩口から脇腹まで截断していたはずだ。

源水の全身に戦慄《せんりつ》がはしった。

すでに、源水は抜刀している。しかも、この一合で佐竹は四尺余の長刀の間合を正確に読みとったはずだ。

(次はさけられぬ！)

そう、源水は察知した。

「……踏み込みが浅かったようだの。それにしても、おそろしく長い刀よ」

佐竹は口元に不敵な嗤いをうかべて、また、担ぐように八相に構えた。

納刀の間はなかった。源水は低い下段に構えたまま、ジリジリと後退した。

佐竹はぐいぐいと間合をせばめてきた。

源水は後退する。佐竹に一足一刀《いっそくいっとう》の間に入られたら、今の源水には骨喰みの剣から逃れる術《すべ》はなかった。

背後で、汀《みぎわ》に打ち寄せる波の音がした。

源水は川岸に積んだ石垣の所まで追いつめられていた。

「それ以上、さがれまい」

言いざま、佐竹は八相から天空を突くように刀身を立てた。

そのまま佐竹が踏み込もうとした刹那、源水は下段から逆袈裟に斬り上げた。

間髪《かんはつ》をいれず、佐竹が袈裟に斬り下ろす。

青火が散り、甲高い金属音がひびいた。

刀身をはじかれたと感知した刹那、源水は痺《しび》れるような殺気と眼前に黒い巨岩が落下してくるような恐怖を感じ、背後に大きく撥ね飛んだ。

間一髪《かんいっぱつ》——。

佐竹の切っ先は源水の肩口を浅く裂いただけで流れ、源水の体は空に浮き、水飛沫《みずしぶき》をあげて大川に落下していた。

5

凄惨な半兵衛の死骸《しがい》が豆蔵長屋に運びこまれたのは、大川端で佐竹に斬られた翌朝の五ツ半（午前九時）ごろである。

源水が濡れ鼠で長屋に帰り、報《し》らせを聞いてすぐに、宗五郎と雷為蔵、剣呑の長助など五人ほどが諏訪町の大川端に走ったが、すでに、同心と岡っ引きが現場に来ていて、死体を引き取ったのは検死の終わった翌朝だった。

半兵衛には女房と七つになる娘がいた。戸板に乗せられた半兵衛を見た母娘は、一瞬、ひき攣《つ》ったような顔で無残な死体を一瞥《いちべつ》したあと、瘧慄《おこりぶるい》のように身を震わせて激しく泣きじゃくった。

その母娘につられて、戸板のまわりに集まった長屋の女子供が泣き声をあげ、なかには長屋中に響くような声で号泣する者もいた。男たちも死体のまわりで頭を垂れ、無念そうな表情をうかべて黙りこんでいる。

駆けつけた堂本や米吉の顔も蒼《あお》ざめ、言葉を失っていた。

あまりにも惨《むご》い斬殺体だった。半兵衛のお染と久松の顔がふたつに割られ、頭骨の割れ目からどす黒い血や白っぽい脳漿が流れ出てかたまっていた。

そして、長屋の者を戦慄させ、激怒させたのは、その凄惨さにくわえて、死体には斬殺者の芸人に対する軽視と嘲笑とがあったからである。

あきらかに斬殺者は、意識してふたつの顔を斬り割ろうとした。その行為は人を人とは思わぬ、悪ふざけと嘲弄からでたものであった。

「こ、これじゃァ、あんまりだ……」

雷為蔵が巨軀を震わせて、吐き出すように言った。

長屋の者をおそった激しい衝撃と悲痛は、時とともに、斬殺者にたいする強い怒りと恨みにとって変わった。

「何てことしやがるんだ」

そう呟いた堂本の顔も憤怒に染まっていた。

堂本座の小屋で綱渡りの仙吉が殺されたときも、長屋の住人は殺人者を恨んだがこれほどの激しさはなかった。

今度の場合、半兵衛に母娘がいたこともあったが、それよりも斬殺者の芸人に対する軽視と嘲弄が長屋の住人の強い怒りを呼んだのだ。

「このままにしちゃァ、おけねえぞ！」

為蔵が、集まった連中に吠えるように言った。

そうだ、そうだ、という声があちこちでおこり、戸板をかこんだ男たちは目を剝き、怒りをあらわにした。

「半兵衛を殺したのは、長瀬道場の者と佐竹とかいう牢人だぞ」

剣呑の長助が激昂《げっこう》して叫んだ。

「半兵衛の敵をとるんだ！」

「殺《や》っちまえ！」

日頃はおとなしい芸人たちの顔が豹変していた。ある者は拳《こぶし》を震わせて怒声をあげ、ある者は狂気をおびて、歯を剝き、目を攣《つ》りあげている。

芸人たちの結束はかたいが、統率者に盲従する側面をもっている。何かの拍子に、その統制のたがはずれ、別の方向に転がり出すと暴徒と化する恐れがあった。

「女子供は家にもどれ！　男たちは得物《えもの》を持って押し出すんだ！」

為蔵のひき攣《つ》った声に住人たちがいっせいに応じ、戸板をかこんだ男たちの間に殺気がみなぎった。女と子供は怯《おび》えたように顔をこわばらせ後じさりした。

そのとき、堂本の声が鋭くひびいた。

「死にたいか！　お前たちも、半兵衛のように頭をかち割られて死にたいのか！」

堂本は必死の形相をうかべていた。仁王《におう》のように顔を赤く染め、両手を開いて押し出そうとする男たちの前に立ちふさがった。

このまま押し出したら、どういう結果になるか、堂本は知っていた。命を賭してもとめねばならなかった。

堂本の両脇に宗五郎と源水が走り、同じように両手を開いて男たちの動きを制したが、男たちはそのまま押し退《の》けて前に進もうとした。

逆上し、正気を失っている。怒りに猛り狂った集団は、かんたんにはとめられなかった。

「頭の言うことが分からぬか！　長瀬道場に押しかければ、十人や二十人はたたっ斬られるぞ。それでもいいのか！」

突然、宗五郎が大喝《だいかつ》した。

まさに、雷のような大声だった。男たちの先頭にいた為蔵や長助が、頭上から殴りつけられたようにビクッとして歩をとめた。

「そんなに行きたけりゃァ、頭やおれを殺してから行け！」

「…………！」

宗五郎の迫力に為蔵や長助が呑まれ、その場に棒立ちになった。後に従う男たちも、驚いたように動きをとめた。

「宗五郎さんの言うとおりだ。それに、騒ぎを起こせば、町方がくる。下手をすれば、首を刎《はね》られるぞ」

「…………」

「わしらは芸人だ。芸を観せて銭をもらうのが商売だ。その芸人が、人殺しの牢人どもと、やり合ってどうする」

堂本は力のこもった声で、諭すように訴えた。

「……だ、だけど、頭、このままじゃァ、半兵衛がかわいそうだァ。あっしらァ、がまんできねえ」

為蔵が、急に顔をクシャクシャにして泣き声をあげた。巨体に似合わず、為蔵は本来臆病な性格《たち》なのだ。いっときの怒りが静まれば、子供のように感情をあらわにして所かまわず泣き出すこともある。

「このままにする気はねえよ。半兵衛と仙吉の敵はきっと討つ。……だが、牢人たちを始末するのは、お前《めえ》たちじゃァねえ。ここにいる宗五郎さんや源水さんたちに頼むつもりだ」

さらに、堂本は立ちどまって項垂《うなだ》れた男たちに話をつづけた。

「だが、半兵衛と仙吉の敵は堂本座のみんなで討たなくちゃァいけねえ。だから。お前たちにも力を貸して欲しいことがある。お前たちひとりひとりの芸、それに目と耳だ。……いいか、長瀬道場の牢人たちが、半兵衛と仙吉を斬ったのは金のためでも恨みのためでもないのだぞ。やつらの後ろであやつっている者がいるのだ。そいつを始末しなけりゃァ、ふたりの敵を討ったことにはならねえ」

話しながら、堂本は益田屋藤四郎と与力の滝井のことを思い出した。ふたりが根だという気がした。たとえ、長瀬道場の者を討ちとったとしても、その根を断たないかぎり、同じような無頼牢人を金で雇うだろう。

「頭、あっしらは何をすればいいんで」

為蔵が訊いた。

「まず、益田屋と与力の滝井の身辺を洗ってくれ。まだ、わしらに見えてないものがあるはずだ。それに、菊之丞の行方も知りたい」

堂本には、大店の米問屋というだけで益田屋という男の姿がはっきり見えていなかった。滝井についてもそうである。南町奉行所の与力ということは分かっていたが、どんな男で、なぜ益田屋とつながったのか、それが分からない。

それに菊之丞のことがあった。少なくとも、最初の狙いは菊之丞を連れ去ることにあったはずだ。益田屋や滝井に菊之丞のような芸人が必要とも思えない。

とにかく、益田屋と滝井がどんな男なのかを知り、その狙いがはっきりしなければ、有効な対抗策もとれない気がしたのだ。

「……だが、無理をするんじゃァねえぞ。嗅ぎまわってることが知れれば、むこうは南町《みなみ》奉行所《まち》の与力だ。どんな手を打ってくるか知れねえ。危ねえ橋は渡るな。お前たちのいつもの芸で人を集め、仲間をもぐらせ、それとなく聞き出すんだ」

堂本の話に為蔵や長助たちがいっせいにうなずいた。

半兵衛の亡骸《なきがら》はいったん家に運び、堂本座の手で葬儀を終えたあと、本所の回向院《えこういん》にある堂本座の共同墓地に埋葬することになった。

為蔵や長助たちが戸板の死骸を運ぶのを見送りながら、

「すまぬ、おれが一緒にいながらこのようなことに……」

源水が無念そうに、堂本と宗五郎を見た。

「いや、長瀬道場の者にくわえて、佐竹がいたとなれば、おぬしが逃げられただけでもよしとせねばなるまい」

と、宗五郎。

「斬られる前、半兵衛から気になることを聞いたのだがな」

「どういうことです」

堂本が源水の方に顔をむけた。

「四年前、森田座の市村新次郎という女形が、ふいに姿を消したことがあったそうだが、そのときと今度の菊之丞のことが似ているというんだ」

源水は半兵衛から聞いた話をふたりに伝えた。

「そういえば、菊之丞も女形といってもいい器量だ。それに若い。……何かつながりがあるかもしれませんな」

堂本は目を細め、考えこむように腕を組んだ。


半兵衛の亡骸を見送っている宗五郎たち三人の背後、半町ほど離れた長屋の木戸のそばにひとりの男がひそんでいた。

三十前後と思われる男で、細い目と尖った顎が酷薄そうな印象をあたえる。尻《しり》っ端《ぱしょ》折りに股引《ももひき》姿で、大工か職人のような身装《みなり》だが、それらしい道具を所持しているでもなく、朝から豆蔵長屋を窺《うかが》っているところを見ると、八丁堀の手先かもしれない。

男は朽ちかけた板塀の陰に身を隠し、さっきから長屋の住人のやり取りに耳を傾けていたが、半兵衛の亡骸とともに住人の大半がその場から姿を消すと、

「どうやら、騒ぎはおきそうもねえや」

と、つぶやき、うす嗤いを浮かべながらその場から立ち去った。

この男の名は孫六《まごろく》。池之端の万造の手先の下っ引きだった。

6

宗五郎たちが半兵衛を回向院《えこういん》に埋葬し、小雪や初江とともに長屋にもどったのは、暮れ六ツ（午後六時）を過ぎてからだった。

長屋は夕闇につつまれ洩れてくる灯《ひ》もわずかで、夕餉の炊煙もたちのぼっていなかった。ふだんは賑やかに聞こえてくる子供の泣き声やせわしそうな女房たちの声もなく、長屋全体が沈んだようにひっそりとしている。

かたちばかりの葬式であったが、長屋の住人が総出であたり、埋葬にもほとんどの住人が立ち会い、回向院まで足を運んでいた。そして、住人の多くは回向院から長屋にもどったばかりなのである。

昨夜の通夜からの疲れが出て、足を投げ出して一休みしているのであろうか。寂漠とした長屋のたたずまいを、疲労と悲哀が覆っているようであった。

宗五郎は自分の家に灯がないのが気になり、慌てて腰高障子《こしだかしょうじ》を開けた。家の中はひんやりとして、人のいる気配はなかった。

「美里どの……!」

宗五郎は家のなかに声をかけたが、美里も家士の八右衛門の姿もなかった。

(何かあったようだ)

と、宗五郎は察した。

昼過ぎ、宗五郎たちが回向院にむかったとき、美里と八右衛門は家にいて、お戻りになるまで、留守居をしております、とのことだったのだ。宗五郎の胸に不安がつのった。美里が夜分出かけるような場所はないはずなのだ。

「父上、手紙が」

先に座敷へあがった小雪が、奥の座敷から紙片を握って走り出てきた。

「どこにあった」

「座敷の行灯《あんどん》の下に、これと一緒に」

小雪はもうひとつの手に握っている櫛《くし》を見せた。

朱塗《しゆぬり》の下地に金箔《きんぱく》で鶴を描いた蒔絵《まきえ》の櫛だった。美里のものである。

「手紙を見せろ」

宗五郎は小雪から手紙を受け取った。宛名は宗五郎である。急いで開けると、美里らしい達筆な女の文字で、

——此度《こたび》の災禍は、わたしが長屋にとどまったためでございましょう。これ以上、長屋の皆さまに、ご迷惑をかけることは許されませぬ。適《かな》わぬまでも、佐竹鵜之介に一太刀浴びせたく、このまま長屋を出ます。

江戸出府以来、島田さまにお世話になり、その恩義に報いることができぬのが何より心苦しくございます。櫛は亡父の形見なれど、小雪どのに挿してもらえれば、心残りはございませぬ。

そういう意味のことが、切々と認《したた》めてあった。

「しまった！　美里どのは死ぬ気だ」

宗五郎の顔がこわばった。

「旦那、あの娘さん、半兵衛が運びこまれたとき、長屋の連中のやりとりを聞いてたんじゃないのかい」

手紙を覗きこんでいた初江が、顔をこわばらせた。

「そうであろう」

半兵衛が佐竹の手で斬られたことを聞いていたのだ。あるいは、自分の敵討ちのために長屋の住人が佐竹の所在を探り、そのために殺されたと思いこんだのかもしれない。

「旦那、のんびりしちゃァいられないよ。あの娘は、長瀬道場へいったんだよ」

初江は蒼ざめた顔で、上がり框《がまち》の前で慌てたように下駄を踏み鳴らした。

初江の言うとおり、美里は佐竹が長瀬道場の連中と行動を共にしていることを知って、八右衛門とふたりで出かけたようだ。

「旦那、あの娘を助けてやっておくれよ」

初江はすがるような目をして宗五郎に訴えた。

美里が長屋にきた当初は悋気《りんき》をおこし、宗五郎の家に寝泊まりしていることに嫌な顔をしていたが、美里が父の敵を討つために辛酸を嘗《な》めていることを知ってからは、宗五郎以上に美里の世話をやいていた。

「だが、間にあうかどうか……」

宗五郎が美里を残して長屋を出たのは、八ツ（午後二時）ごろである。すでに、二時《にとき》（四時間）は過ぎている。

手紙を認める時があったにせよ、佐久間町の長瀬道場まで半時《はんとき》（一時間）とかからぬ距離である。すでに、美里と八右衛門は道場に着いていると見なければならない。

「初江、小雪のことを頼むぞ」

とにかく、行ってみよう、と宗五郎は思った。

「あいよ、源水さんや頭にも知らせるから」

初江は顔を紅潮させた。

「いや、長屋の者には知らせるな。やっと、長瀬道場へ押しかけるという連中をしずめたところだ」

「だって、旦那ひとりじゃァ」

初江は困惑の色を浮かべた。

「案ずるな。今日のところは、美里どのを連れ戻すだけだ」

そう言うと、宗五郎は着物の裾を端折《はしょ》って後ろ帯にはさみ、家を飛び出した。

7

荒れた敷地内の道場から灯明《あかり》が洩れ人声が聞こえてきた。四、五人はいるらしい。酒盛りでもしているのか、ときおり、男の声高に喋る声や哄笑《こうしょう》がおこる。

美里と八右衛門は、道場をかこった板塀の陰に身を隠して、中の様子をうかがっていた。

美里は両袖を襷《たすき》で絞り草鞋履きで、この日のために用意した一尺六寸の脇差をたずさえていた。八右衛門はたっつけ袴に草鞋履き、腰に二尺余の大脇差を差している。

「み、美里さま、あのように大勢ではとても無理でございます」

八右衛門は喉をつまらせ、周章狼狽《ろうばい》の体である。

「分かっています。大勢の中に斬りこむなど、無謀なことはいたしませぬ」

「な、ならば、今夜のところは」

八右衛門は、島田さまに助勢をお願いし、あらためて出直すのがよろしいかと存じます、と訴えた。

「それはなりませぬ。島田さまのもとに身を寄せたがために、あのようにかかわりなき者まで、無残な目にあわせてしまいました。……やはり、佐竹は、助勢を頼まずわたくしの手で討つべきだったのです」

美里は小声で言ったが、その声には死を決意した毅然としたひびきがあった。

「で、ですが、佐竹は圭一郎さまでさえ、かなわなかった相手でございます。と、とても、美里さま、おひとりの手では……」

八右衛門は眉宇《びう》を寄せて、首を横に振った。

「身を捨てて挑めば、一太刀だけでもあびせられましょう。それに、女の身なれば、佐竹も侮って、隙《すき》を見せるかもしれませぬ」

「で、ですが……」

ふたりがそんなやりとりをしていると、道場の板戸が開いて男がふたり姿を見せた。

美里はさらに身をかがめ、剝がれた板塀の隙間から中の様子をうかがった。

どうやら、小用をたすために雑草のはびこった庭先に出てきたようだ。ふたりの嗄れ声が、手に取るように聞こえてきた。

……それにしても、佐竹どのの剣は凄まじいな。

……さよう、袈裟に両断するのだから、並の剛剣ではない。わが無念流でも傑出した仁でござろう。敵にしなくてよかったわ。

……いかにも。あの骨喰みの剣は、防ぎようがござるまい。

……まさに獲物の骨を喰む大熊《おおぐま》のごとき仁よ。堂本座の小兎どもを食い千切るなど、たやすかろう。

……われらの出番はござらぬな。

(佐竹は道場内にいる!)

ふたりの話から、美里はそう察知した。

月明りに浮かびあがったふたりの顔に見覚えはなかった。おそらく、長瀬道場の門弟だろう、と美里は思った。

小用をたす音が消えると、ふたりは道場にもどっていた。

それから小半時《こはんとき》(三十分)ほどして、またふたり出てきた。ひとりは巨軀、ひとりは覆面で顔を隠した痩身の男だった。

美里は、月明りに浮かび上がった巨軀の男の体型に見覚えがあった。

「佐竹だ!」

美里が声を落として言った。

もうひとりは顔を隠していたが、二刀を差し羽織袴姿で無頼の牢人には見えなかった。美里は、彦江藩の者かもしれないと思った。

ふたりは庭に出てきたが、小用ではなかった。そのまま庭を横切り、通りにつづく枝折り戸の方へむかって歩いた。

……佐竹どのは、これからどうされるな。

痩身の男が、肩を並べて歩きながら訊いた。

……懐は暖かい。柳橋辺りで、飲みなおすつもりよ。

……けっこうなことだ。……いずれ、堂本座の島田たちを斬ってもらうつもりだが、そのときは、また頼むぞ。

覆面のせいで声がくぐもり、美里には誰なのか分からなかった。

……金さえもらえば、何人でも斬る。

ふたりは、枝折り戸を押して通りへ出た。狭い露地を抜けると神田川沿いの通りの和泉橋《いずみばし》のたもとに出る。

(討つなら、和泉橋のちかくだ！)

美里は腰をあげて、ふたりの後を追おうとした。

そのとき、ふいに背後に枯れ草を踏む足音がし、人の気配がした。ハッ、として美里が振り向くと、若い武士がひとり口に指を当てて立っている。

「美里どの、お静かに」

意志の強そうな濃い眉、髭の剃りあとの青い顎。見覚えのある顔だった。

徒目付《かちめつけ》として父の下で働いていた戸倉真三郎《とくらしんざぶろう》である。国許にいるとき、何度か家に来たことがあり、話をしたこともあった。美里より三つ年上だったが、すでに家禄を継いで出仕していたこともあってか、美里はずいぶん年上に感じていた。

「なぜ、戸倉さまが、ここに」

美里は驚いて、戸倉の顔を見つめた。

「話はのちほど、とにかく、この場から離れましょう」

戸倉はそう言って、佐竹たちが歩いていったのとは反対方向に歩き出そうとした。

「いえ、何としても、美里は佐竹を討たねばなりませぬ!」

美里は眦《まなじり》を決して立ち上がった。

「美里どの、無闇に仕掛けても、返り討ちにあうだけでござる」

戸倉は美里をとめようとした。八右衛門も、美里の前に立ちまわって、いまは辛抱してくだされ、と必死で訴えた。

それでも、美里はふたりを押し退けて、佐竹を追おうとした。

そのとき、露地を走ってくる別の足音がし、美里と戸倉が振り向くと、顔を真っ赤にして駆け寄ってくる宗五郎の姿が見えた。

「おおッ、間に合ったか!」

宗五郎は美里の姿を認めて、声をあげた。

第四章　益田屋藤四郎

1

宗五郎が美里たち三人を連れていったのは、平右衛門町の藪平《やぶへい》である。

この店の利助《りすけ》というおやじが宗五郎と顔見知りで、店は混《こ》んでいたが四人を座敷へ通してくれた。

座敷といっても飯台《はんだい》の並んでいる土間からのつづきの一間で、間仕切《まじき》り用の衝立《ついたて》があるだけである。

それでも、利助が気をきかせて、他の客を座敷に上げなかったので、宗五郎たちは他の客に気兼ねなく話ができた。

「拙者、彦江藩、徒目付《かちめつけ》の戸倉真三郎にございます」

座敷に腰を落とすと、すぐに戸倉が名乗った。

「島田宗五郎と申す。堂本座の芸人、首屋でござるが、まずは、貴公から事情を聞かせていただこうか」

宗五郎は戸倉家のことは知っていた。八十石の家禄で、代々その家系から大東流《だいとうりゅう》の槍の遣い手が出ることで知られていた。

ただ、真三郎という若者に会うのは初めてだったし、この男が槍を遣うかどうかは知らなかった。

「少々、長くなるかもしれませぬが、まず、ここ数年の藩内の動きをかいつまんでお話しせねばなりませぬ。……島田どのが国許を去られてから、領内の様子もだいぶ様変わりいたしました」

そう前置きして、戸倉は話しだした。

七年前、宗五郎が彦江藩から出奔する当時、領内は倹約と荒地の開墾とで増益をはかろうとする改革派と家臣の禄高に応じて役金を賦課して当座の財政難を乗り切ろうとする門閥派に二分していたが、領地を継いだ摂津守忠邦が改革派の提唱する政策に同意したため、門閥派は執政の座から去った。

その後、開墾と治水などの政策が実り、四万八千石の表高どおりの収穫を得るまでに荒廃した領地は復興したという。

「……天候に恵まれたこともあり、改革はそれなりの成果を見ました。疲弊した村々は活気をとりもどし、百姓が逃散《ちょうさん》し潰れた郷村にも人々がもどり、炊飯の煙を見るようになりました」

「けっこうなことではないか」

　宗五郎は意に反したとはいえ、門閥派に与《くみ》して改革派の先鋒ともいわれていた小出門右衛門を斬っていたので、面映《おもは》ゆい思いで戸倉の話を聞いていた。

「ですが、いっこうに家臣の暮らしぶりはよくならず、藩の借財も七年前とかわらぬほど窮迫してきて、このところ奢侈禁止の沙汰が相次いで出され、さらに家臣すべての俸禄の四分の一を借り上げるとのことでございます」

借り上げとは、藩士の俸禄を一時的に借りる緊急策だが、まず、返還されることはなく、事実上の減石である。

「それは、また、どういうことだ」

　意外な話だった。七年前の藩の窮乏は、天候不順による飢饉や疫病などの流行のため、領地が荒廃疲弊し四万八千石の表高だったが、その実三万石ほどに収穫が落ちたことに原因していた。それが、表高どおりの復興を見たということは、藩の財政も相応に潤ってしかるべきなのである。

「現在、藩政の実権を握っている御側用人《おそばようにん》の小栗十左衛門《おぐりじゅうざえもん》さまによれば、二の丸の修復のため借財がかさんだとの仰せでございますが、藩米を扱っている御用商人に、増収分の利益が流れているためではないかと見ております」

戸倉の話では、小栗というのは改革派の中心だった人物で、若いころは小姓《こしょう》として摂津守に仕え、摂津守が封を継ぐと同時に御側用人に上げられ、藩主の信任を一身に集めているという。改革派の政策に摂津守が同意したのも、小栗の進言によるもので、門閥派が執政の座から一掃されてからは小栗が藩政の実権を握るようになったらしい。

「その御用商人というのは？」

宗五郎が訊いた。

「米問屋、益田屋藤四郎でございます」

「なに、益田屋！」

宗五郎の声が大きくなった。

無理もない。このところの堂本座をめぐる事件の背後で動いているのが益田屋だったからである。まさか、戸倉の口から益田屋の名がでるとは思いもしなかったのだ。

「戸倉どの、子細を聞かせていただこうか」

宗五郎は杯を置いて、膝を乗りだした。

このところ堂本座にかかわって起こった一連の事件の背後関係が、多少なりとも見えてくるのではないかと期待したのだ。

「はい、七年前、島田どのが国を出られるころまでは、藩米は江戸の蔵元である辰巳屋《たつみや》、鹿島屋《かしまや》、それに藩内の大塚屋《おおつかや》が扱っておりましたが、藩の財政が窮乏したおり、利息の支払いが滞ったため、新たな出資を拒んだのでござる。そこに、小栗が江戸潜在のおりに親交のあった益田屋が食い入ってきたようなのです」

「なるほど……」

益田屋ほどの大店《おおだな》なら、彦江藩の蔵元を引き受けるぐらいの財力はある。儲かると見れば、藩の実力者にとりいって商売をしようとするだろう。

「その後、領内が復興し、収穫高があがってくると、小栗は買米《かいまい》制をとりいれましたが、その資金を益田屋が調達したのです」

買米制というのは、年貢として徴収された残りの米を農民から買取り、江戸へ廻送し米価を見ながら売りさばいて利益を得るやり方である。

「益田屋は従来の藩米にくわえて買米制で集めた米も一手に扱い、莫大な利益を得たようでございます。……むろん、当初はその利益のため藩財政も潤ったようなのですが、しだいに、益田屋に支払う借金の返済におわれるようになったのです」

「買米のための借金か」

宗五郎が訊いた。

「はい、当初は買米の資金として年利八分で五万両借りたようです。その後、年々利息の支払いが膨らみ借金が増えていったようです。ちかごろは、藩の米は益田屋ひとりに牛耳《ぎゅうじ》られ、彦江藩の米は益田屋の米とさえ、陰口をたたかれる始末でございます」

戸倉は憮然《ぶぜん》とした表情を浮かべて言った。

「……それにしても解せぬな。収穫高があがり、買米制で利益を得れば借金は減るはずではないか」

宗五郎は腑に落ちぬ顔をした。

「ご懸念はもっともでござる。……藩の財政逼迫に不審をもった者は、まず、益田屋と小栗との癒着を疑いました。事実、小栗は御側用人になってから領内の高台に豪奢な屋敷を新築いたしました。庭園には巨岩奇石を組んで仮山水《かさんすい》を造り、屋敷内は見事な彫刻の欄間《らんま》や名匠に描かせた襖絵で飾り、贅《ぜい》のかぎりをつくしているとのこと」

「御側用人とはいえ、家禄だけではそのような屋敷は建てられまいな」

話を聞いて、宗五郎も小栗と益田屋が裏で結託し、甘い汁をすっているのではないかと疑った。

「当初から小栗が私腹を肥やしていると指摘する者もおりましたが、殿に寵愛され、己の息のかかった者で藩政の要職をおさえている小栗に対抗する者はいなかったのです。ところが、昨年の夏、大目付であられた高山さまをはじめ、藩の行く末を案じた次席家老の本田《ほんだ》さま、普請奉行の末次《すえつぐ》さまなどが密かに集まり、数人の徒目付に小栗周辺の調査を命じられたのです」

そこまで話して、戸倉はチラッと美里の方に目をやった。美里の父である高山の名がでたからであろう。

2

「それで、どうした」

宗五郎が話の先をうながした。

多少なりとも、大目付である高山の斬殺の裏が見えてきたような気がした。

「われら徒目付が、小栗の屋敷の調査、江戸や国許での益田屋との豪遊、勘定奉行との密会などを密かに洗い始めて間もなくでございました。……美里どのの父上であられる高山さまが、無頼の牢人の手で……」

戸倉は無念そうに唇を嚙み、視線を落とした。

「戸倉さま、まことでございますか！」

美里が驚いたような顔を上げた。どうやら美里も、父親が殺害された背景までは知らなかったようだ。宗五郎に話したとおり、青柳橋のたもとで佐竹に斬られたことだけしか分からなかったのであろう。

「高山さまも、われらも極秘で動いておりましたので、美里どのにもそれらしい素振りは見せなかったと思われます。それに、小栗にこちらの調査を気付かれてはならず、圭一郎どのや美里どのに伝えることもできませんでした」

戸倉が申し訳なさそうな顔をして美里を見た。

「されば、佐竹は小栗の依頼で父上を暗殺したのでしょうか……!」

美里は思いがけない事実に顔をこわばらせた。

「おそらく……」

「おのれ！　小栗」

美里は新たな憎しみに白い頰を紅潮させ、膝の上で握りしめた拳を震わせた。

「ですが、小栗が高山さまの暗殺を依頼した確たる証拠は何もございませぬ。……その後、佐竹が江戸にむかったことが判明し、次席家老の本田さまの命を受けて、拙者も江戸にまいったのです」

「いま、小栗も江戸にいるのでござろうか」

宗五郎が訊いた。

「はい、昨年の秋、殿の参勤に随行し、下屋敷の小屋《こや》（役邸）に。……小栗は江戸で佐竹とも接触したようです」

「そういうことか」

宗五郎は戸倉が突然佐久間町の長瀬道場にあらわれた理由が分かった。戸倉は小栗と佐竹の周辺を洗っていたのだ。

「われらの調査で、小栗の驕奢《きょうしゃ》な暮らしぶりにくわえて、益田屋からの多額の賄賂《まいない》、勘定奉行と結託しての二の丸普請のさいの使途不明金などの疑惑が明らかになってまいったのですが、今のところ小栗を弾劾するだけの確たる証拠はつかんでおりませぬ。それに、どうにも解せぬことがあり、われらも迷っているのです」

「解せぬとは」

宗五郎が質《ただ》した。

「ふたつございます。ひとつは、われらの調査を小栗はなにゆえ察知できたのか。……小栗の息のかかった者の目が藩内のいたるところにひかっておりましたので、調査にたずさわった徒目付がだれなのかさえ知らされぬほど、極秘で調査をしておりましたが、小栗はわれらの動きをつかんでいたようなのです」

「うむ……」

小栗は徒目付が己の周辺を嗅ぎまわっているだけでなく、調査を命じた中心人物が高山であることも知っていたはずである。だからこそ、佐竹のような刺客を放って高山を暗殺したのだ。

(高山の周辺に小栗と通じている者がいるのではないか……)

そう思ったが、宗五郎は口にしなかった。

戸倉自身、そうした疑いを抱いたからこそ、疑心暗鬼に陥り迷っているのではないかと気付いたからだ。

「もうひとつの疑念は、なぜ、小栗がこれほどまでに出世し藩の実権を握ることができたのか、殿に寵愛されていたというだけでは納得できぬのです」

戸倉によると、小栗の家は七十石の中級家臣だったという。それが、近習《きんじゅう》に任じられたのが出世の始まりで、摂津守が藩主の座につくと、側役、御側用人、御側用人頭、と階段を駆け上がるように出世し、禄高も相次ぐ加増で、現在は家老なみの一千石だという。

「そういわれてみれば……」

宗五郎も国許にいるときに小栗の噂は耳にしていた。

その異常な昇進にたいし、狡猾で抜け目なくたちまわり、藩主をわが意のままに操っている、とのやっかみと揶揄《やゆ》の陰口を聞いたのである。

「ちかごろは、殿がお若いことをいいことに、ご意向さえ無視して勝手に政事《まつりごと》をおこない、殿の側近の者まで指図する始末です。……ときに、殿を恫喝しているのではないかと、思われる節さえございました」

「うむ……。そこまでいくと、専横も度が過ぎておるな」

宗五郎も、小栗は藩主にとりいっているだけではないという気がした。

「なにゆえ、小栗がそれほどまで傲慢《ごうまん》に振る舞えるのか。小栗が殿さえも屈服させるような重大事を握っているのではないか、そんな気さえするのです。それがはっきりせねば、益田屋との癒着を弾劾することもできませぬ」

「うむ……」

戸倉の言うとおりだった。小栗の握っている秘密を知らずに、小栗を排除しようと動けば、処断されるのは戸倉たちであろう。

「戸倉どの、ひとつ訊きたいことがあるのだがな」

宗五郎が言った。

「何でございましょう」

「堂本座の白鷺菊之丞なる者の行方が知れぬ。何か心当たりはござらぬか」

宗五郎にとっては、菊之丞の行方をつかむ方が大事だった。彦江藩の内情も気になったが、いまは堂本座の一員なのである。

「いえ、巷の噂で何者かに連れ去られたとは聞いておりますが……」

唐突な質問だったのであろう。戸倉は訝しそうな顔をして、宗五郎を見た。

「長瀬道場の者と佐竹の仕業《しわざ》と見ておるのだが」

「佐竹が……」

戸倉は驚いたような顔をして宗五郎を見た。

宗五郎に向けていた視線を足元に落とすと、何のためにそのようなことを、そう言って戸倉は首をひねった。どうやら、巷の噂以上のことは知らぬようだ。

「戸倉さま、ひとつ腑に落ちぬことがございます」

美里が口をはさんだ。

「腑に落ちぬこととは」

「はい、兄は佐竹に討たれる前、敵討ちの願いを聞き届けてくれたのは、小栗さまのご助言があったようだ、と申しておりました。なにゆえ、小栗さまは佐竹を兄に討たせようとしたのでしょうか」

「そ、それは……」

戸倉は言いよどんだが、推測ですが、とことわったうえで、

「それも、小栗の狡猾さでござろう。圭一郎どのが佐竹を討てば、暗殺者の口をふさげましょうし、万一、為損《しそん》じて返り討ちにあえば、高山家の始末がつき、後日、恨みをうける懸念もなくなるわけです」

美里は、あッ、とちいさな声をだし、驚いたように目を剝いたまま息をつめた。

しばらく、無言で佐竹と宗五郎の顔を交互に見つめていたが、

「すると、わたくしが佐竹を討つために江戸に参るのも、小栗は承知の上で……」

とちいさな唇を顫《ふる》わせながら言った。

佐竹の話を信じ、父を斬った黒幕の存在を認めたらしく、美里は憎しみのこもった声で、小栗と呼び捨てにした。

「おそらく……」

戸倉は苦渋の表情を浮かべた。

いっとき、美里は蒼ざめた顔のまま視線を空にとめていたが、意を決したように顔を上げると、

「なれど、佐竹は父と兄の敵でございます。美里は、佐竹を討ちとうございます」

と、声を顫わせて言った。

その双眸には、死をも決意したような強いひかりが宿っていた。

宗五郎から事情を聞いた堂本は、あらためて大道芸人たちに益田屋と彦江藩の内情を探るよう指示した。

3

彦江藩の内情を探るといっても、大道芸人が藩邸に直接侵入することはできない。

藩邸は上屋敷が外桜田《そとさくらだ》に、下屋敷が本郷《ほんごう》に、そして中屋敷が本所柳原町《ほんじょやなぎわらちょう》にあったが、上屋敷は執政や外交のために使われることが多かったので、芸人たちは主に下屋敷と中屋敷の周辺で聞き込んだり、屋敷に出入りする商人などに近寄って話を聞いたりした。

その芸人たちがつかんだ情報では、益田屋は羽振りのいい御用商人として藩邸に出入りし、江戸に来ている小栗とも浜鳥で密会したり、ときには大川に船を出させ馴染みの芸者を同乗させて遊覧しているという。

また、長瀬道場周辺にも芸人をさしむけ、佐竹や門弟の動きに目を配っていたが、特別な動きはなかった。

美里と八右衛門は長屋にもどり、しばらく佐竹の動向に目を配りながら機会をとらえて討つつもりでいた。

宗五郎が戸倉と会ってから五日経った。夕方、両国広小路から小雪といっしょに長屋にもどると、家の前にずんぐりした体軀の籠抜けの浅次が待っていた。

浅次は武士ではなかったが、起倒流柔術《きとうりゆうじゆうじゆつ》の遣い手で、まだ、二十四と若く、隼鷹《はやぶさ》のようなするどい目をした男だった。

「旦那、ちょいと相談があるんですがね」

浅次は伸び上がるようにして、宗五郎の耳元に口を寄せて言った。

「なんだ、ここでは話せないのか」

「いえ、なに、ちょいと」

浅次はかたわらに立っている小雪に、ひょいと頭を下げ、すまないが、父上を借りるよ、と言って、長屋の隅までひっぱっていった。

「なんだ、何があったんだ」

「いえ、何も、ただ、こっちから仕掛けようと思いやしてね」

浅次は、いつまでも探っているだけじゃァ埒《らち》があかねえ、堂本座の襲撃にしろ、半兵衛の斬殺にしろ、向こうが先に仕掛けてきたことだ、ここらで、思い切ってこっちから手を打とうというのだ。

「長瀬道場を襲おうというのか」

「そうじゃァねえ。あそこを襲えば、こっちも相当殺《や》られる。じつはね、和泉橋の先に田野《たの》屋《や》ってえ、船宿があるんだが、旦那は知ってますかい」

「入ったことはないが、田野屋なら知ってる」

「そこの二階に、長瀬道場の門弟がふたり、飲んでやしてね。しゃぼんの千太郎《せんたろう》がいま見張ってますんで」

しゃぼんの千太郎というのは、しゃぼんを溶かした容器を首にかけた木箱の中に入れ、麦《むぎ》藁《わら》でしゃぼんを飛ばしながら子供たちに売り歩く男で、浅次と同じ講釈長屋に住んでいる。

「それで、どうする気だ」

「なに、旦那とふたりでそいつらを締め上げて、菊之丞の居所を吐かせた方が早えんじゃァねえかと思いやしてね」

「うむ……」

宗五郎は浅次の考えそうなことだと思った。浅次は気が短く、まだるっこいやり方が嫌いなのだ。

「おれが断れば、ひとりでやる気だろう」

しゃぼんの千太郎を見張りに置いているところを見ると、浅次ははじめから今夜やる気で来ているのだ。

「へッ、へへ……。まァ、ふたりぐらいなら、何とかなるでしょうからね」

浅次は目を細めて照れたような表情を浮かべた。

「いいだろう。……ここで、待て」

宗五郎はそう言い置くと、長屋にもどり、顔を出した美里に、今夜はこのまま出かけるので小雪と夕餉を済ませてくれ、と伝えて、浅次と連れ立って木戸を出た。

ふたりが二階建ての裏店のつづく露地に出たとき、豆蔵長屋と記した張り紙のある木戸の陰から、ぬッと人影があらわれた。

長屋の住人の動きを監視するため、ときおり、この場所に身を隠している下っ引きの孫六である。

「なにかあるぜ……」

孫六はそうつぶやくと、気付かれないよう半町ほども間をとってふたりのあとを尾《つ》けはじめた。

巧みな尾行である。人影のない露地では板塀や天水桶《てんすいおけ》などの陰に身を隠し、おもて通りにでると往来の人のなかへ溶けこんで尾けた。

田野屋は神田川の川岸にあり、店の前の板を渡した桟橋には猪牙舟《ちょきぶね》が数艘舫《すうそうもや》ってあった。夜風が冷たいせいか、猪牙舟で川遊びに出る客はないようだったが、二階の座敷からは賑やかな歌声や手拍子などが聞こえてきた。

「旦那、待ってましたぜ」

ふたりが田野屋のちかくまで来ると、川岸の柳の陰からひょっこりと千太郎が顔を出した。ふだんは派手な小袖にたっつけ袴という身装《みなり》なのだが、今夜は闇に溶けるような柿色《かきいろ》の小袖を着て、尻《しり》っ端折《ぱしょ》りしている。

「どうだ、ふたりの様子は」

浅次が訊いた。

「へい、まだ、飲んでるようで……。二階の奥の部屋でさァ」

千太郎が指差した座敷は一番奥の部屋で、ときおり障子に女と武士らしい人影が映り、女の嬌声と男の哄笑などが聞こえてきた。どうやら、芸者を呼んで飲んでいるらしい。

「しばらく出て来そうもねえな」

浅次が柳の陰にまわりながら不満そうに言った。

「座敷に腰を落ち着けて、どのくらい経つ」

宗五郎が千太郎に訊いた。

「もう、二時《にとき》（四時間）ほどは」

「ならば、そろそろ出て来るだろう」

宗五郎は懐手をしたまま桟橋につづく近くの石段のところまで行って腰を落とした。そこからだと二階の座敷がよく見えるし、通りからは身を隠すことができる。浅次と千太郎もそばに来てかがみこんだ。

そのとき、三人の石段から半町ほど離れた商家の天水桶の陰に人影があった。

孫六である。

しばらく、孫六は三人の様子を窺っていたが、口元に薄嗤いを浮かべると、

「狙われてるのは、そっちよ。首でも洗って待ってな」

そう呟いて、足早に去っていった。

孫六のむかった先は、神田佐久間町の長瀬道場である。

4

長瀬道場のふたりの門弟は、田野屋からなかなか出てこなかった。晩春の夜気はしっとり

と暖《あたた》かく、川風に吹かれているのも悪くはなかったが、夕餉がまだだったので、宗五郎は少し腹がすいてきた。

ちかくに夜鷹そばでも出てないかと、立ち上がって川の土手沿いに目をやったとき、

「旦那、出てきやすぜ!」

と浅次が声をあげた。

二階の座敷を見上げると、談笑がやみ障子を横切る武士らしい人影が見えた。

宗五郎たちは立ち上がり、川岸の柳の陰に移動した。だいぶ夜も更《ふ》けてきたが、通りにはちらほらと酔客らしい姿もあった。人目のあるところで襲撃はできない。宗五郎たちはふたりをやり過ごしてあとを尾け、もう少し寂しい通りで仕掛けるつもりでいた。

店の女将らしい女に送られて姿を見せたふたりは、だいぶ酔っているらしく足元がふらついている。

月明りはあったが、ひとりが田野屋の提灯《ちょうちん》を手渡され、その灯《ひ》を足元に落としながら宗五郎たちの前を通り過ぎた。

ふたりはしばらく川沿いの道を筋違御門《すじかいごもん》の方へむかって歩いていたが、そのまま長瀬道場にもどるらしく、商家の角を右手にまがって細い通りにはいった。

一町ほど行った先に、欅《けやき》や杉などでかこわれた稲荷《いなり》があった。そこなら人目につくことは

ない。宗五郎と浅次はお互いの顔を見合ってうなずくと、走りだした。

その足音に気付いたらしく、前を行くふたりが立ちどまって提灯をかざした。

「おれたちに、何か用か」

ひとりが酔いのまわった濁った声で訊いた。熟柿《じゅくし》のような赤い顔がふたつ、灯《ひ》のなかに浮かび上がっている。

かすかに、欅や杉の葉叢《はむら》が風にそよぐ音がしたが、辺りは森閑として他に人のいる気配はなかった。

「へい、ちょいとお聞きしたいことがございましてね」

浅次がそう応えて、ふたりの前に立ったが、すぐ背後から走ってきた宗五郎に気付くと、

「うぬは、首屋か！」

と、叫びざま手にした提灯を傍らの叢《くさむら》に投げた。

ボッ、と音をたてて提灯が燃えあがり、五人の男の姿が浮かびあがった。一瞬の炎のなかで、五人はそれぞれすばやい動きを見せた。浅次と千太郎がふたりの門弟の背後に走り、宗五郎とふたりの門弟は抜刀して対峙《たいじ》した。

凄まじい殺気が疾《はし》り、炎を映した刀身が赤くひかった。

が、それも一瞬で、提灯が燃え尽きるとともに漆黒《しっこく》の闇が辺りを覆い、頭上の葉叢《はむら》から射

す月光が、五人の男たちの姿をかすかに浮かびあがらせるだけになった。

門弟のふたりは、八相から刀身を担ぐように背後に倒す隠剣に構え、ひとりは背後の浅次に応戦するため踵《きびす》を返した。

宗五郎は敵の趾《あしゆび》に切っ先をつける下段に構えたまま、スルスルと間合をつめた。

キエエイ！

無念流独特の甲声を発し、正面に対峙した門弟が宗五郎の頭上に斬りこんできた。

間一髪、宗五郎は体をひねってその刀身をかわし、峰に返して胴をはらう。

肋骨の折れる鈍い音がし、斬りこんできた門弟は上体を前につっ伏し、がっくりと膝をついた。

峰打ちだが、腹部に食い込んだ宗五郎の払い胴《はらどう》は一撃で門弟の戦力をうばった。

宗五郎の動きとほとんど同時に、浅次も仕掛けていた。敵が八相から上段に刀身を振り上げた瞬間、浅次は地を蹴った。

その場から敵の手元に飛び込んだのである。ふだん観せている籠抜けの技で、一間余も空中を飛ぶ。予想を超えたこの遠間《とおま》からの仕掛けに腰が浮いた門弟は、よろめき、足を踏ん張って体勢を立て直そうとしたが、襟元をつかんだ浅次の腰投げが決まった。

浅次は倒れた門弟に馬乗りになり、

「長瀬道場の者だな」

と右手をねじ上げながら訊いた。

「し、知らぬ！」

「菊之丞をどこに連れていった」

「そのような者は知らぬ」

「そうかい。なら、思い出させてやるぜ」

いいざま、浅次はグイとつかんでいた右腕をねじ上げた。ボキッ、と枯れ木でも折れたような音がし、門弟は喉の裂けたような叫び声をあげた。

「な、何をした！」

「肩の骨を外したのよ。もう一度訊くぜ、菊之丞を両国の小屋からどこへ運んだ」

「……ふ、舟だ」

「舟でどこへ運んだ」

「し、知らぬ……」

門弟が喘《あえ》ぐようにそう応えたときだった。

背後で走り寄る複数の足音がした。宗五郎が振り返ると、夜闇のなかに人影が見えた。二人、三人……と、前後して走り寄ってくる。大勢だ。千太郎が、旦那、だれかきやがったぜ、と大声をあげた。

すぐに、足音は迫り、十人ほどの人影が闇のなかに浮かびあがった。いずれも武士だ。股《もも》だちをとり、すでに抜き身をひっさげている者もいて、仄《ほの》かな月光を受けた刀身が銀蛇《ぎんだ》のように鈍い光を放っている。

「おい、浅次、長瀬道場の者だぞ！」

宗五郎は胸元を押さえていた門弟から離れて浅次のそばに歩み寄った。

すぐに一団は肉薄し、先頭にいたひとりが駆け寄りざま反転して逃れようとする千太郎の肩口に斬りつけた。

ギャッ、と悲鳴をあげ、千太郎がよろめきながら浅次の背後に逃れてきた。

「やろう！」

叫びざま、浅次が先頭の男に飛びかかろうとしたが、宗五郎がとめた。

「浅次！　逃げるんだ」

宗五郎は、集団のなかに佐竹がいるのを見てとっていた。その魁偉《かいい》な体が夜陰に浮かび、双眸が獲物を追いつめた猛禽のように爛々《らんらん》とひかっている。しかも、走り寄った門弟たちはいずれも刀身を担ぐように構え、統率された狼の群れのような不気味さをただよわせていた。

敵側には、佐竹にくわえて無念流の八方陣がある。宗五郎は、浅次とふたりだけでは太刀打ちできぬ、と察知したのだ。

だが、逃げる間がなかった。いや、逃げようとはせず、肩口を斬られ膝を落とした千太郎を逃がすために、浅次が集団の前にたちふさがったのだ。

「千太郎、逃げろ！」

いいざま、浅次は両手を前にかざして身構えた。

宗五郎も抜刀した。こうなったら斬り抜けるより手はなかった。浅次と宗五郎の背後を、よろめくような足取りで、千太郎がおもて通りの方に逃れた。

5

門弟たちの背後から、佐竹が押し退けるようにして前に出てきた。

「そこをどけ、島田は、おれが斬る」

樺茶《かばちゃ》の小袖と黒袴がバサバサと揺れ、六尺を超える巨軀が宗五郎の眼前に小山のようにたちふさがった。漆黒の闇から湧き出た巨獣のように見えた。

「うぬらは、手を出すな」

佐竹の指示で、半数の門弟が後ろに退き、半数がすばやくまわり込んで浅次をとりかこん

ろう」

「いかにも……。島田、首屋なる商売をしてるそうだな。ならば、その首、おれが買ってやろう」

「無念流、佐竹鶴之介か」

だ。

佐竹は歩をとめ、抜刀した。

夜陰にギラリと光った刀身は、二尺六寸の余もある身幅のひろい剛刀だった。胸は厚く、両腕は異様に太い。佐竹が並外れた剛剣の主であることは、その体躯からも見てとれた。

「真抜流、島田宗五郎。この首、みごと刎ねてみろ」

宗五郎も抜刀した。

間合はおよそ三間。一足一刀の間の外でふたりは対峙していた。

佐竹は八相から、刀身を引き肩口に担ぐように構え、わずかに腰を落とした。隠剣だが、一撃必殺の殺気がない。どっしりと根を張り、その場につっ立っているだけのように見えたが、双眸は射すような鋭い光を放っている。

（これが、骨喰みの剣の構えか！）

宗五郎は一見覇気《はき》のないその構えに、巨岩でも迫ってくるような激しい威圧を感じていた。

趾《あしゆび》に切っ先をつける下段から、宗五郎は切っ先を上げ、刀身を体の中心線に垂直に立てた。

これは真抜流で金剛《こんごう》の構えといい、己の心を無にして敵の攻撃を読み、身を捨てて一撃必殺の剣を揮う奥義のひとつである。

宗五郎はめったなことでは金剛の構えはとらなかった。身を捨てる覚悟がなければ遣えぬ技だったからである。

「真抜流、金剛の構えか」

佐竹はニヤリと嗤い、足裏を擦るようにして眼前に迫ってきた。巨岩で押しつぶすような迫力である。

宗五郎は全身の肌がざわめき立つのを感じた。強敵と対した昂《たか》なりと恐怖とがいりまじったような感触だった。


対峙した宗五郎と佐竹から数間離れた欅の幹の前に浅次は立っていた。敵は四人。背後からの斬撃をさけるためである。

四人の敵はいずれも刀身を肩に担ぐように構え、じりじりと間合をつめてきた。夜闇に双眸がうすくひかり、全身に殺気をみなぎらせていた。獲物に迫る野犬の群れのようである。

（これが、八方剣か！）

浅次は無念流の複数による攻撃法を宗五郎から聞いていたのだ。

柔術で連続してくる刀の攻撃を防ぐのは至難である。しかも敵は、八方から連続して攻撃をくりだしてくる。ひとりを倒し、囲いを破って逃げるより手はない、と浅次は肚《はら》を決めた。

浅次は左手の長身の男に狙いをさだめた。

正面に立った男が、一歩踏み込み、斬撃の間境を越えた瞬間、浅次の体が左手に飛んだ。八相から刀身を振り上げようとした男の腹部に浅次が飛びつき、そのままふたりは折り重なって転倒した。倒れながら浅次は男の腹に当身をくれ、一回転してはねおきた。

だが、右手にいた男の踏み込みの方が一歩はやかった。斬撃の間に踏み込むやいなや、起き上がった浅次の肩口に、無念流独特の甲声を発しながら袈裟に斬りこんできたのである。

浅次の右肩に疼痛《とうつう》がはしった。焼鏝《やきごて》でも当てられたような感触だった。だらり、と右腕が垂れてぶら下がった。ぱっくり開いた傷口から白い骨が見え、どす黒い血が音をたてて迸《ほとばし》りでた。

一瞬、浅次は傷口を押さえて棒立ちになったが、右手の男の刀を振り上げようとする気配を察知すると、血を散らしながらその懐に飛び込んだ。

浅次は男を投げ飛ばそうと左手で襟元をつかんだが、背後から迫った男が、背中へ斬りつけてきた。たたきつけるような一撃だった。

その斬撃を背中に受け、浅次の体が海老《えび》のように大きく後ろに反り返った。元結いが切れてざんばら髪になり、着物が縦に裂けて背中が大きく開き、浅次のずんぐりした体は浴びたように血で真っ赤に染まった。

「や、やりゃァがったな！」

浅次は目を攣《つ》り上げ赤鬼のような顔で叫ぶと、突如《とつじょ》、反転して背中から斬りつけた男の懐に飛びこんだ。

左手で襟をつかむと足を掛けて仰向けに押し倒し、覆いかぶさるように己の体を密着させて左手で喉を締め上げた。折り重なって動きをとめれば、背後からの敵の攻撃を防ぐことはできない。

（ここまでだ！）

と浅次は覚悟を決めていた。

背後に迫る敵の刀身を振り上げる気配がしたが、なおも、浅次は渾身《こんしん》の力をこめて握った襟を締めつづけた。

キエエイッ！

背後で突き刺すような甲声を聞いたのが、浅次の最期だった。

がっくりと首が前に傾げ、首根から血が赤い帯のようにはしった。ざんばら髪を血に染めながら、浅次はそのまま前につっ伏した。

すでに、喉を締め上げられた男も絶息しているらしく、ぴくりとも動かず目を剥いたまま浅次の首根から噴出する血に染まっていた。

6

宗五郎は浅次が敵の手に落ちたのを気配で察知していた。

だが、宗五郎は金剛の構えのまま身動きしなかった。いや、動けなかったのだ。すでに、佐竹は斬撃の間境の中に右足を踏み入れていた。動けば、避けようのない骨喰みの剣がくる。助けようにも、目をそらすことさえできなかったのだ。

眼前に迫った佐竹の体は、小山のように泰然として見えた。それでいて、全身に激しい気勢がみなぎっている。

ジリッ、と佐竹の右足がわずかに前に出た瞬間、その巨軀に槍で突いてくるような鋭い殺気が疾《はし》った。

来る！

斬撃の起こりを察知した宗五郎は、間髪《かんはつ》をいれず、わずかに身を引きざま立てた刀身を跳ね上げた。袈裟に斬り込んでくる敵の切っ先を見切り、刀身を擦り上げ、返す刀で胴を払う。

宗五郎が金剛の構えにとったのはこのためである。

凄まじい太刀風《たちかぜ》が頬を掃き、刀身の触れ合う金属音とともに青火が散った。

だが、佐竹の骨喰みの剣は予想をこえた激しい斬撃だった。まさに、受けた敵の剣さえも喰《は》む剛剣といえた。

擦り上げるべく撥ね上げた宗五郎の刀身に佐竹の刀身がかぶさり、巻きこむように落とされ、その切っ先が胸元を襲ってきたのだ。

アッ、という声が宗五郎の口からもれ、弾《はじ》かれたように背後に大きく跳んだ。

宗五郎の肩口から左脇腹にかけて着物が裂け、胸に血の線がはしった。

だが、痛みはない。傷は浅いようだ。

宗五郎が咄嗟《とっさ》に佐竹の太刀筋を見切って身を引いたため、肩口までとどかなかったのだ。これが真抜流の極意の見切りである。敵の太刀筋を見切って、間一髪の差でかわす。宗五郎が首屋として、客の打ち込みを一瞬の差でかわすことができるのは、この見切りの極意を会得していたからなのである。

「真抜流の見切り、しかと、見せてもらったぞ」

佐竹は口元に不敵な嗤いを浮かべていた。宗五郎を見つめた佐竹の両眼が爛々《らんらん》とひかり、肩先が踊るように震えている。

佐竹の剣客としての本能であろう。命を賭して闘う相手に出会い、その巨軀が猛々《たけだけ》しい獣のように熱《いき》りたっているのだ。

(だが、二の太刀はさけられぬ……!)

佐竹の初太刀《しょだち》は見切っても、続いて踏み込み二の太刀を揮われたらさけようがないことを、宗五郎は読んでいた。

おそらく、佐竹も感知しているにちがいない。その巨軀には敵を圧倒する気勢と自信とがみなぎっていた。佐竹は刀身を担ぐように構えると、グイグイと間合をせばめてきた。宗五郎は切っ先を落としたまま背後に退く。

宗五郎の背が、道端の欅の幹につまったときだった。

ふいに複数の足音が聞こえ、おもて通りの方にいくつもの提灯が浮かびあがった。宗五郎と浅次を呼ぶ大勢の声と、何か金物でもたたくような喧《やかま》しい音が鳴り響いた。

「堂本座の者か……!」

佐竹の足がとまった。

まるで、町中の住人が集まり騒ぎ出したような騒々しさである。しかも、夜闇から湧き出すように、あっちこっちの露地から耳を覆いたくなるような喧しい音が聞こえてくる。大勢が手に手に鍋や釜などを持ってたたいているのだ。

「虫けらどもめ！」

佐竹は憎悪に顔をゆがめて、吐き捨てるように言い、身を引いて刀を納めると、島田、勝負はあずけた、といいざま踵《きびす》を返した。

長瀬道場の門弟たちも、佐竹の後を追うようにその場から駆け去った。

「だ、だんな……」

両肩を仲間に抱えられ、蒼《あお》ざめた顔で走り寄ったのは千太郎だった。

どうやら、千太郎が豆蔵長屋まで走り、住人を引き連れてきたらしい。それにしても、千太郎は苦しそうだった。血の気の失せた顔はひき攣《つ》り、肩を上下させて喘いでいた。肩口から胸にかけて、どす黒い血に染まっている。

「しっかりしろ！　千太郎」

千太郎は力尽きたように、宗五郎の前まで来ると、抱えられた仲間の腕のなかへ崩れるように倒れこんだ。

7

浅次はその夜のうちに講釈長屋に運ばれた。死骸《むくろ》はざんばら髪でカッと両眼を瞠《みひら》き、憤怒の形相のまま表情をとめていた。体中に刀傷を受けて全身がどす黒い血に染まり、右腕が皮一枚残してぶら下がっている。なんとも凄惨な死骸だった。

講釈長屋には、豆蔵長屋や他の長屋に住む大道芸人たちが集まり、不穏な空気につつまれていた。

浅次の無残な死骸が長屋の住人の心のなかに燻っていた長瀬道場の門弟にたいする怒りに火をつけたのだが、長屋の住人を駆り立てたのは怒りの感情だけではなかった。綱渡りの仙吉、片身変わりの半兵衛につづいて腕のたつ浅次が殺されたことで、次は自分の番ではないかという不安と恐怖におそわれたのである。

芸人たちが騒ぎ出し暴徒と化すのは激しい憤怒だけではない。己の生存を脅かされる不安や恐怖も、かれらから理性や判断力をうばいとる。

このことを知っている堂本は、

「長瀬道場の者は、宗五郎さんと源水さんに頼む。お前たちは手を出すんじゃァねえ」

と、長瀬道場に押し出そうとする芸人たちを必死で押さえた。

堂本が恐れたのは、長瀬道場の者とやりあえば長屋に多くの犠牲者がでるということだけではなかった。問題は奉行所だった。とくに南町奉行の鳥居が、騒動をどう見るかだった。叛徒と化した芸人の群れ、芸人の打ち壊し、とでも見れば、見世物興行どころではない。いっせいに縄をかけられ、小伝馬町《こでんまちよう》の牢に送りこまれる。

（それに、滝井がかならず動く……）

堂本は滝井がこの騒動を見逃すはずはないという気がした。堂本座を屈服させる好機ととらえ、自分たちの都合のいいように鳥居に報告するはずだった。

騒動の首謀者として堂本や宗五郎たちを捕らえ、益田屋の意のとおりに動く者を頭において、堂本座を手中におさめようとするであろう。

こうした堂本の胸中を知っている彦斎と米吉、それに宗五郎や源水も説得したので、長屋の住人の不穏な雲行きはいったん収まったかのように見えた。

だが、翌朝、深手を負っていたしゃぼんの千太郎が浅次のあとを追うように死んだ。千太郎の死が、収まりかけていた芸人たちの激情にふたたび火を点けた。

講釈長屋の千太郎の家の前に何十人という大道芸人が押しかけ、殺気だった雰囲気につつまれた。

「このままじゃァ、こっちが殺《や》られちまうぜ！」

激昂しやすい為蔵が、裸体を真っ赤にして怒鳴った。

比較的冷静な鉋のにゃご松、おっとりした手車の三助までが目尻を攣《つ》り上げ興奮して我を忘れている。集まった住人たちは、いずれも狂気じみた目をし、そのまま長瀬道場に押しかけようと殺気だっていた。

緊迫した雰囲気が長屋をつつんだ。なまなかな説得では、芸人たちの騒乱をとめられそうもなかった。

宗五郎は集まった住人の前に立ちふさがると、

「待て！　行くなら、おれの首を斬ってから行け！」

そう叫び、腰を落として首を前に伸ばした。さあ、斬ってみろ！　と語気鋭く、腰の刀を鞘ごと抜いて前に突き出した。

ふだんの両国広小路での晒首の顔とはちがっていた。眼光鋭く、一歩も引かぬという決意がその顔にあらわれている。

「……………！」

宗五郎の気魄に、為蔵やにゃご松たちは息を呑んだ。

「おれの首が斬れないようでは、長瀬道場に行っても無駄だ！」

「……………」

「お前たちのなかに腕に覚えの者はおるのか！　長瀬道場には十人ほどいる。いずれも、無念流の遣い手だ。大勢で押しかければ、死人の山ができるぞ」

「で、でも、このままじゃァ……」

為蔵が泣き声をあげた。

「浅次と千太郎は、おれと一緒にいて斬られた。ふたりの敵はおれがかならず討つ。だが、今踏み込んでも返り討ちにあうだけだ」

「どうすりゃァいいんで」

「一番の遣い手は佐竹という牢人だが、そいつが長瀬道場の門弟たちと離れたときを狙う」

宗五郎は本気だった。

浅次と千太郎を見殺しにしたという思いがあったのだ。だが、佐竹と門弟たちが一緒では太刀打ちできない。まず、長瀬道場の門弟を始末し、その後、美里に佐竹を討たせてやりたい、と宗五郎は思っていた。

「宗五郎どののいうとおりだ。敵が一カ所に集まっているときに、押しかければ、殺《や》られるのはこっちだぞ」

源水が言い足した。

宗五郎と源水の言葉に、殺気だっていた為蔵やにゃご松が萎《しぼ》んだように肩を落とした。まだ、不満そうな顔をしている者も何人かいたが、ひとまず家へ帰れ、という堂本の言葉にしたがい、足をひきずりながらその場を離れていった。

「にゃご松、ちょっと待て」

踵《きびす》を返して歩きだしたにゃご松を宗五郎が呼びとめた。

「何です、旦那」

「昨夜、おれたち三人は尾けられたような気がする。豆蔵長屋を張っていた者がいたのかもしれぬ」

「長屋を」

にゃご松は驚いたような顔をした。

「そうだ。そうでなければ、あの場で長瀬道場の者に襲われたわけが分からぬ。案外、こっちの足元を見られているのかもしれんぞ。にゃご松、何人かで、長屋のまわりに目を配ってくれ」

「へい、承知しやした」

にゃご松はうなずくと、為蔵や三助のいる方へ走っていった。

浅次と千太郎の葬式の手配をした後、宗五郎たちは堂本の誘いで両国橋近くのそば屋に足をむけた。昨夜から何も食っていなかったのだ。

そば屋の二階の座敷に腰を落としたのは、堂本、宗五郎、源水、それに米吉の四人だった。

彦斎は葬式の指図のために講釈長屋に残っていた。

「頭、今日のところはなんとか鎮めたが、このままでは収まるまいな」

宗五郎が箸《はし》をとめて言った。

「連中はみな怖がってるんです。こうたてつづけに殺られると、今度は自分の番ではないかと」

堂本は困惑の表情を浮かべていた。

「長屋の連中にも話したとおり、まず、長瀬道場の者たちを始末するつもりでいるが、源水、手を貸してくれるか」

宗五郎は源水の方に顔をむけた。

「むろんだ。おれも、あいつらには借りがある」

「問題は佐竹だ。あいつだけは、美里に討たせてやりたいが……」

宗五郎は言葉を濁した。

予想を超えた遣い手だった。宗五郎ですら、このままでは次に対戦したとき斬られるという思いがあった。美里や八右衛門の手で討てるような相手ではなかった。

「娘御に討てるような相手ではないということですか」

堂本が訊いた。

「そうだ。それに、あやつ、討っ手を恐れて、江戸に逃げてきたとは思えぬ。何か目的があって上府し、長瀬道場に草鞋を脱いでいるような気がする」

佐竹ほどの遣い手なら、娘と老僕の敵討ちなど恐れるはずはない。戸倉の話を聞いてから、佐竹を江戸に呼んだのは彦江藩の者ではないかという気がしていたのだ。

「やはり、彦江藩とつながっていると見ますか」

堂本も同じ思いをいだいているようだ。

「益田屋ともな。そうでなければ、道場の者といっしょに菊之丞を連れ去ったりはしまい」

「そうですな。菊之丞の行方が分かると、敵の狙いも見えてくるのでしょうがね」

堂本は、まだ何の情報もないと言った。

「ひとつだけ気になることを聞きかじった。菊之丞を両国から運んだのは舟のようだ」

宗五郎は昨夜、長瀬道場の門弟から聞きだしたことを三人に話した。

「なるほど舟か。おそらく猪牙舟《ちょき》でも使ったんでしょうな。それで、両国からの足取りがつかめなかったんでしょう」

「……たしか、四年前、森田座の市村新次郎ってえ女形が行方知れずになったあと、大川に死体が上がったといってたな」

宗五郎が思い出したように言った。

「すると、川沿いか。……よし、長屋の連中に大川の川沿いを探らせましょう」

堂本は昨夜から寝ずにいたため疲れ切った顔をしていたが、細い目の奥に熾火《おきび》のようなひかりが宿った。

第五章　蓮照院《れんしょういん》

1

奥の寝間から小雪の寝息が聞こえてきた。

堂本と米吉のはからいで、長屋の空き部屋に美里と八右衛門が移ってから、宗五郎は自分の家で寝起きするようになっていたのだ。

寝間にしている奥の座敷を覗くと、夜具から突き出た白い足が、脛《すね》のあたりまで露になっている。それが行灯の光を映して、うすい鴇色《ときいろ》にひかっていた。

妙に色っぽい。

近付いて顔を見ると、ちいさな小鼻を開いて虫の音のような鼾《いびき》をかいていた。頬が桃のようにひかっている。

(まだ、子供だ……)

宗五郎はなぜかほっとして、小雪の体を抱え上げ夜具のなかに寝かし直してやった。小雪はむずかるように鼻を鳴らしただけで目を覚まさない。

居間として使っている座敷へもどると、宗五郎は愛刀をひきよせ、柄を握ってみた。黒糸の諸捻巻《もろひねりまき》の粗末な拵《こしら》えだが、使いこんであるために掌《て》にしっくりと馴染む。

顔の前に刀身を立て、鞘をつかんで静かに抜きながら、

（死ぬわけにはいかぬな……）

とつぶやいた。

まだ、小雪を残したまま冥途《めいど》に旅立つわけにはいかなかった。

宗五郎は刀身を見ながら、佐竹と対戦したときのことを思い浮かべた。このままでは骨喰みの剣に勝てぬ、と思った。

金剛の構えから払い上げた太刀を、佐竹はいとも容易に斬り落とした。しかも、その太刀筋は流れることなく宗五郎の左肩口に伸びてきたのだ。宗五郎が咄嗟《とっさ》に切っ先を見切り身を引いたため、切っ先が薄く肌を裂いただけだったが、佐竹の踏み込みが深ければ避けられなかった。

（なぜ、おれの太刀が落とされたのか……）

いかに、佐竹の膂力《りょりょく》がすぐれていようと、いともかんたんに刀身が斬り落とされたことが、宗五郎には不可解だった。

宗五郎の撥ね上げた刀身の力を、佐竹がうまく殺したような気がした。

立ち上がって土間に降りると、宗五郎は金剛の構えからそのときと同じように刀身を撥ね上げてみた。

あのとき、おれの刀に佐竹の刀がかぶさったような感触があった、と宗五郎は思った。

(鎬《しのぎ》を滑らせたか……)

斜に受けようとした宗五郎の刀身に佐竹がわずかに遅れて上から斬りこんだために、刃と刃が合わずに鎬が擦り合い、佐竹の強い斬撃に宗五郎の刀身が弾き落とされたのではないか。

一瞬刀身が擦り合ったため、かぶせたような感触を生んだのだろう。

だが、微妙な刀身の角度が要求される。刃で相手の刀身をとらえないために、敵の太刀筋を読み、切っ先から刀身を割るように斬りこまねばならないはずだ。

(そうか、それで、左肩口への袈裟斬りか……!)

高い八相から袈裟に斬り下ろす太刀は強い斬撃を生むと同時に、受けようとして立てる敵の刀身に斜めから入るため、一瞬鎬が擦り合い、敵の刀身を弾き落とすのであろう。むろん、誰にでもできる技ではない。人並はずれた膂力と重ねの厚い剛刀をもってはじめて可能となる技であろう。

宗五郎は骨喰みの剣の太刀筋が見えたような気がした。

だが、太刀筋が見えても破る工夫はつかなかった。頭上で十文字に受ければ、刃と刃が噛み合うが、佐竹の凄まじい斬撃を十文字に受けることは、まずできない。受けきれずにそのまま肩口まで斬り下げられる。まさに、骨喰みの剣は相手の刀ごと斬り落とす剛剣なのだ。受けずに背後に逃れる手があるが、逃げていたのでは相手は倒せないし、やがては追いつめられる。

（逃げずに、佐竹の太刀は受けられぬか……）

宗五郎は脳裏に佐竹の揮う太刀筋を描きながら、くりかえし金剛の構えから振り上げてみたが、佐竹の剛剣を受けることはできなかった。

半時《はんとき》（一時間）ほど、骨喰みの剣を破る方法をあれこれ考えて刀を振っていたが、雨戸の外で足音がしたので、宗五郎は刀を納めた。

「旦那、旦那、起きてますかい」

声の主は同じ長屋に住む盥廻《たらいまわ》しの英助だった。

「どうした、英助」

宗五郎は雨戸を開けて、すばやく外に出た。小雪を起こしたくなかったのだ。

「へい、長瀬道場から佐竹が出やした。いまは道場の門弟だけで。源水さんが、すぐに旦那に知らせて来い、と」

興奮しているらしく、英助は顔を赤くして声高に喋った。

「分かった、源水はどこにいる」

「長屋の木戸のところに」

「よし、行くぞ」

宗五郎は小雪が気になったが、そのまま木戸の方へ走った。

すでに、子《ね》ノ刻《こく》（零時）を過ぎている。深々と夜は更け、長屋も江戸の町もひっそりと寝静まっていた。

露地の入口にある朽ちかけた木戸の前に、源水らしい人影が立っていた。

「宗五郎さん、まずいことになった」

源水は宗五郎の顔を見ると、すでに、長屋の連中が十人ほど長瀬道場にむかったようだ、と言って眉根を寄せた。

「どういうことだ。まさか、道場に押し入るつもりではないだろうな」

為蔵やにゃご松の顔が、宗五郎の脳裏をよぎった。

昨日、千太郎の死後長屋が不穏な空気につつまれたとき、宗五郎の必死の説得でいったん自分の家に帰ったが、長屋の住人のなかに不満が燻《くすぶ》っていることを、宗五郎は知っていた。

「いや、そこまではやるまい。だが、いきりたっている。何をしでかすか分からぬ」

源水が言うには、何人かで長瀬道場を見張っていたが、そのなかのひとりだった手車の三《さん》助《すけ》が長屋にもどって、佐竹が道場を出たことを告げると、為蔵やにゃご松など数人が心張り棒や天秤棒などをつかんで飛び出したという。

「その後を、数人が追った。とめたのだが、聞く耳をもたなかった」

「まずい。長屋の連中など、束になってかかってもかなう相手ではないぞ」

「それは、連中も承知している。おれや宗五郎が来るまで、道場をかためるだけだと言っていたから、よもや、連中だけで踏み込むようなことはないと思うが……」

そう言ったが、源水の顔は不安そうだった。

「よし、ともかく、行こう」

一瞬、宗五郎は小雪のことを初江に言伝《ことづて》してからと思ったが、そのまま木戸から駆け出した。長屋の連中が押し入る前に、道場に着きたかったのだ。

三人が前方に道場をかこった板塀の見える露地に入ると、

「旦那、まだ、みんないますぜ！」

と先頭を走っていた英助が声をあげた。

見ると、板塀に張り付くようにして身を寄せ合っている何人かの人影があった。板塀の隙間から中の様子を覗《のぞ》いているらしい。

「間にあったか」

宗五郎はほっとして走る足をゆるめた。

道場の中から灯明《あかり》が洩れ、男たちの談笑の声がかすかに聞こえていた。まだ、門弟たちは道場の外の異変に気付いていないらしかった。


だが、この夜、長瀬道場を見張っていたのは、堂本座の者だけではなかった。

長屋の住人から半町ほども離れた裏店の陰から、道場の周辺に目を配っている人影があった。池之端の万造である。万造は板塀に張り付くように身をひそめ、芸人たちを見張っていた。

万造は与力の滝井に命じられて、ここ数日道場の周辺に張り込んでいたのだ。

宗五郎と源水が駆けつけたのを見てから、万造はそっとその場を離れた。

2

七、八人はいる、と宗五郎は話し声から判断した。佐竹は不在ということだったが、ふたりだけで討ちとるには大勢過ぎた。
宗五郎は、板塀の隙間から中を覗いている源水の方にむきなおり、踏み込むかどうか質した。

「酒を飲んでいるようだ。向こうには油断がある」

源水は踏み込む肚《はら》のようだ。もっとも、ここまでくれば、踏み込んで門弟たちを討つより
ほかに手はないだろう。

「かなわぬとみれば、逃げるぞ」

「やむをえまい」

「よし、踏み込もう」

宗五郎は立ち上がる前に、近くにいた為蔵とにゃご松に、逃げ出してくる者がいても手だ
ししてはならぬ、と強く念を押した。いずれも、無念流の相応の遣い手とみなければならな
い。心得のない者が、天秤棒や心張り棒を振りまわして勝てる相手ではなかった。

朽ちた板塀の間から、宗五郎と源水は道場の敷地内に入った。

「雨戸を蹴破《けやぶ》って踏み込む」

宗五郎は振り返って、小声で源水に伝えた。

「灯《ひ》を消されたら」

道場内には燭台が点っているらしかったが、侵入した敵の攻撃を避けるために灯を吹き消
すかもしれない。暗闇の中で斬り合うのは危険である。勝手知った門弟の方が有利だし、同

士討ちする恐れもあった。

「外に飛び出そう」

屋外には月明りがあった。広い場所では八方剣を存分に遣われるが、闇の中で斬り合うよりはいい。

「承知した」

「行くぞ」

宗五郎は抜刀すると、道場の方へ一気に走り寄った。源水は鯉口を切り、柄に右手を添えたまま後につづく。

朽ちかけ少しゆるんだ雨戸を、宗五郎が蹴破った。

激しい音をたてて雨戸が倒れ、それを踏み越えて宗五郎は道場内に飛び込んだ。源水は、スルッと宗五郎の脇から居合腰に沈めたまま踏み込む。

道場の床に車座になって飲んでいた門弟たちの談笑が一瞬とまり、侵入してきたふたりに目を集めた。

「敵だ！」

ひとりが叫ぶと同時に、燭台の灯に浮かびあがった車座の男たちの姿が、はじけたように八方へ散った。ある者ははね起き、ある者は座したまま慌てて背後に身を引いた。

刀をつかんで立ち上がった男の正面に宗五郎は、すばやく踏み込み、低い八相から袈裟に鋭い斬撃を浴びせた。

刀を抜きかけた男は、ギャッ、という叫び声をあげ海老《えび》のように身をのけ反らせた。男の肩口から血が噴出し、燭台の淡い灯のなかにどす黒い血飛沫《ちしぶき》が小桶で撒いたように飛び散った。

宗五郎とほとんど同時に、源水も腰を浮かせた男の頭上へ、抜き上げた一刀を斬り落としていた。頭蓋の割れる鈍い骨音がし、黒光りのする床に血と脳漿が散る。

「ひ、引け！」

叫び声と同時に、ふいに灯《ひ》が消え、あたりを漆黒《しっこく》の闇がおおう。

一瞬動きがとまり、濃い闇のなかで血と酒の臭いがし、呻き声と喘ぎ声と男たちの荒い息の音がした。だが、すぐに、酒器を倒す音や床を踏む音などが荒々しく起こり、倒された雨戸から差し込む細い月明りに、激しく動く数人の足元だけが見えた。

「おもてへ！　源水、おもてへ！」

叫びざま、宗五郎は倒れた雨戸を踏み越えておもてへ飛び出した。

つづいて源水も飛び出し、後を追って門弟たちも走り出てきた。敵は六人いた。どうやら逃げた者はいないようだ。六人はすばやく宗五郎と源水をとりかこむと、刀身を担ぐように八相にかまえた。

「首屋と居合抜きか！」

宗五郎の前に長身痩軀の男がたち、甲高い声で誰何《すいか》した。双眸が褐色にひかり、尖った喉仏が踊るように動いた。

宗五郎は鷲鼻の怪異な風貌のこの男に見覚えがあった。

道場主の長瀬京三である。

「いかにも、首屋だ。長瀬、今夜はうぬの首をもらうぞ」

宗五郎は低い下段に構えた。

源水はすでに納刀し、居合腰に沈めていた。ふたりは背中合わせになっていたが、お互いがじゅうぶん刀を揮えるよう間がとってある。

六人の男たちはやや遠間《とおま》にとり、両眼を猛禽のようにうすくひからせ、ジリジリと間合をせばめてきた。いずれも相応の手練《てだれ》らしく、酔っているような気配はない。全身に殺気がみなぎり、蒼《あお》い月光を浴びた刀身が男たちの背後でにぶくひかった。

一足一刀の間境を越えた瞬間、キエエッ！　と喉を裂くような甲声を発し、斬撃の気配をこめて、右足を一歩踏み込んだ。

これが八方剣の仕掛けである。

前方の気配に、応じようとした瞬間、左手の男が斬りこんでくる。この仕掛けを察知した宗五郎は前方に斬りこむと見せ、体をひねりながら踏み込んできた左手の男の胴を斬りあげた。

この斬撃が、踏み込んできた男の脇腹を深くえぐった。グワッ！　と喉から臓腑を吐き出すような呻き声をあげて、男は膝からくずれ落ちた。

宗五郎の仕掛けと同時に、源水も横一文字に抜きつけながら右手に跳んでいた。抜きつけの一刀が八相に構えた男の左腕をとらえ、腕がだらりと垂れ下がり、截断された腕から筧《かけい》の水のように血が流れ落ちた。男は絶叫をあげながら後じさる。

宗五郎と源水の動きは、それでとまらなかった。

宗五郎は胴を払った刀を返しざま、反転して背後にいた男に袈裟に斬り落とした。踏み込みが浅かったが切っ先が男の頬をとらえ、赤い布をおおったように顔が血に塗《まみ》れた。

源水は横一文字に抜きつけた刀を脇構えにとり、左手から踏み込んできた敵の脛《すね》を払っている。

宗五郎と源水の手練の早業に、長瀬が後じさり、顔をひき攣《つ》らせた。

「ひ、引けい！」

叫びざま、長瀬は反転し、道場の正面にある木戸門の方へ走った。

脛と腕を斬られたふたりが長瀬の後を追い、数歩退いて八相に構えていた男ともうひとりがその後を追った。

「逃げたのは五人か」

顔に飛び散った返り血をこすりながら、宗五郎が源水のそばに歩み寄った。

「だが、無傷の者は長瀬ともうひとりだ」

源水は刀身を血振《ちぶ》りして鞘に納めた。

「そうよな。長瀬を逃がしたのは残念だが、しばらく堂本座に手出しはできまい」

庭に胴を斬られた男が横たわっていた。まだ、かすかに四肢が動いていたが、臓腑が溢れ助かる見込みはなかった。

宗五郎は呻き声をあげている男のそばに歩み寄り、喉を突いてとどめを刺してやった。

道場の様子を見ると、血の臭いが充満し、肩口から袈裟に斬り下げられた男と頭を割られた男が横たわっていた。すでに絶命したと見え、ピクリとも動かない。

「長居は無用だな」

明日早朝から、堂本座の大道芸人たちに、酒を飲んだうえでの仲間喧嘩、とでも噂をまいてもらうことになるが、いっときも早く姿を消した方がいい。

宗五郎は外へ出ると、板塀の陰に身をひそめている為蔵やにゃご松たちにおおかたの門弟は討ち取ったと告げ、すぐに長屋にもどるよう話した。

「おい、心張り棒や天秤棒はどこかへ隠して行け、町方に見咎められるなよ」

溜飲《りゅういん》を下げたように、満足そうな顔で立ち上がった為蔵に声をかけた。

「へい、旦那、ご心配なく。こう見えても、ここいらの裏通りはあっしらの庭みてえなもんでして。だれにも会わずに長屋まで行き着きますぜ」

為蔵がそう言うと、他の住人たちも自信ありげにうなずいて見せた。

だが、その夜長屋までたどり着いたのは、宗五郎と源水を除くと、英助とにゃご松たちの五人だけだった。

残りの五人が、深夜の江戸の町に消えたのである。

3

翌朝、事態を知った堂本は、豆蔵長屋と講釈長屋の住人たちを動員して、五人の行方を探させた。行方不明の五人は、為蔵、剣呑の長助、人形遣いの達松《たつまつ》と文吉《ぶんきち》、鉄輪《かなわ》遣いの伝太《でんた》の五人だった。鉄輪遣いというのは、鉄の輪をつなげたり離したりして見せる手妻《てづま》遣い（手品師）である。

何事もなく長屋に着いた英助たちは神田川沿いの道を通ったが、為蔵たち五人は大勢では人目につくといって別の道をとったという。

長瀬道場のある神田佐久間町から豆蔵長屋のある茅町までは半里(二キロ弱)もない。町木戸のある通りをさけて細い露地だけを選んだとしても、そう遠くはないはずだ。

五人の通ったと思われる通りをくまなく探したが、五人の居所も、その姿を見たという者も探しだせなかった。

ただ、芸人のひとりが、長屋道場にちかい佐久間町の長屋の住人から、深夜裏通りで複数の足音と男の悲鳴を聞いたという話を聞き込んできたので、おそらく、それが為蔵たちで、何者かに襲われたのだろう、と推測された。

その日の夕方、池之端の万造が豆蔵長屋に姿を見せた。

「座頭は、こっちにいると聞いてきたんだが」

米吉の家の前に立った万造はそういって、ニヤリと嗤った。

すぐにおもてに顔を出した堂本は、万造の顔を見て、いなくなった為蔵たちのことにちがいない、と思った。

「堂本、また、滝井の旦那が話があるそうだぜ」

「為蔵たちのことですかい」

「ああ……。五人を助けるも殺すも、お前の肚《はら》ひとつだそうだぜ」

「場所は」

「まえと同じ浜鳥だ。戌ノ刻（午後八時）までに来てくれ。待ってるぜ」

万造はそれだけ言うと、堂本の返事も聞かずに踵を返したが、すぐに立ち止まり、振り返って、用心棒を連れてきてもかまわねえそうだぜ、と言って小馬鹿にしたように鼻の先で嗤った。


その夜、堂本は宗五郎と源水を連れて浜鳥の暖簾《のれん》をくぐった。

浜鳥の女将に案内されたのは、前と同じ座敷だった。待っていたのは滝井と万造のふたりである。大川に面した障子が細く開けられ、湿り気をおびた暖かい晩春の川風が流れこんでいた。

「おお、来たかい。こっちへ来て座ってくれ」

滝井は恵比寿顔をほころばせて、機嫌よさそうに声をかけた。

宗五郎は堂本の脇に座ると、襖で隔てられた隣の座敷に気をくばった。

（やはりいる……）

物音はしなかったが、隣の座敷に数人ひそんでいる気配がした。中に藪に身をひそめて獲物を狙っている獣のような殺気がある。おそらく、佐竹にちがいないと宗五郎は察知した。

「酒は話が済んでからにしてもらうか」

そう言うと、滝井は、お前から話せ、と脇に座っている万造の方へ目をやった。

「へい、それじゃァ。……じつは昨夜のことなんですがね。佐久間町の番屋から、大勢の芸人たちが手に手に棒や竹槍なんぞを持って押し出した、という報らせがありやしてね。いって見ると大騒ぎだ。……こりゃァ、米屋にでも押し込んで打ち壊すつもりだと、思ったんだが、あっしらの手に負えねえ。そこで、長瀬道場の方に騒ぎを収めてもらおうとしたんだが、なかに強え牢人がくわわっておりやして……」

そこで万造は話すのをやめ、チラッと宗五郎に目をやってからまた続けた。

「その牢人に道場の門弟の何人かが斬られちまったが、騒ぎだした連中も逃げ散った。ばらばらになりゃァこっちのもんだ。あっしらの手で、騒ぎをおこしたやつを何人かひっ括ったようなわけでして」

万造は腰から十手を引き抜いて、肩先をたたきながら話した。

「でたらめをいうな！」

宗五郎が声を大きくした。

「ほう、それじゃァ、昨夜の騒ぎは何なんです」

万造はつっかかるような物言いをした。

「そ、それは……。長瀬道場の者が一座の者を殺害したからだ。それは、そっちで承知しておろうが」

宗五郎は強い口調になった。

「堂本、この前も話したたな。事情はどうあれ、おれが打ち壊しを先導した者といえば、そうなるんだよ。それに、心張り棒や竹棒などを持って大勢で長屋を出たことは吐いてるしな。小伝馬町に送られりゃァよくして島送り、へたすりゃァ磔《はりつけ》、獄門《ごくもん》だな」

滝井は人の良さそうな笑顔を浮かべ静かな口調で言った。ただ、糸のように細い目がうすくひかり、刺すように堂本を見つめている。

「どうやら、罠に嵌《はま》ったようですな」

堂本は膝先に視線を落として小声で言った。

「こっちも袖にされて、そのままというわけにもいかぬのでな」

「どうすれば、五人の命を助けていただけるんで」

堂本は顔をあげて滝井を見た。

「なに、かんたんなことさ。この前話したとおり、おれたちにときどき手を貸してくれればそれでいいのよ」

「そうですかい」

堂本はつぶやくように言った。

「承知かい」

ですが、滝井さま……と、言いかけたが、堂本は言葉を呑んで視線を落とし、あらためて顔を上げると、

「四、五日、待っちゃァいただけませんか。あっしも、一座の主だった者を説得しなけりゃァなりませんのでね」

「かまわねえ。こっちも、今日明日に頼みがあるわけじゃァねえからな。……よし、そういうことなら、すぐ酒の用意をさせるぜ」

滝井が背を伸ばして手をたたこうとするのを、堂本がとめた。

「滝井さま、酒の方はまた今度ということで。……長屋にもどって、話をしなけりゃァなりませんので」

堂本はそう言うと、滝井がとめるのも聞かずに立ち上がった。

宗五郎と源水もすぐに立ち、堂本にしたがって座敷を出た。

「頭、滝井たちの言いなりになるつもりか」

浜島の外へ出ると、宗五郎が質した。

「いえ、そんなつもりはありませんよ。ただ、人質を五人取られてますんでね。小伝馬町にでも送られると厄介ですから、今夜のところは時間稼ぎでして……」

神田川沿いの道を茅町にむかって歩きながら、堂本は思案するように腕を組んでいる。

「どうするつもりだ」

「猶予は四、五日、その間にはっきりさせたいことがあります」

「というと」

「問題は南町《みなみまち》奉行所が今度のことにどれだけかかわっているかですよ。滝井ひとりなら、こっちにも打つ手はある」

堂本は足をとめ、そのときは、またおふたりの腕を借りることになりますよ、と言って、細い目をひからせた。

宗五郎と源水は顔を見合わせると、無言でうなずきあった。

4

神田方面から両国橋を渡り、竪川《たてかわ》沿いに少し歩くと菊吉《きくよし》という料理屋がある。

玄関先に玉砂利が敷いてあり、松の老木などもある老舗《しにせ》で、料理がうまいことと閑静な離れがあることで知られ、富商の商談や藩の留守居役などが幕閣の接待や密談などによく使っていた。

その菊吉の玄関先の見える竪川沿いの道に、頼光の与兵衛が座り込んでいた。そこは一ツ目橋のたもとで、ちょっとした広場になっていることもあって与兵衛のまわりにはちいさな人垣ができていた。

いま与兵衛が描いているのは、かれの最も得意とする源頼光の鬼退治の絵である。五本の指の間から巧みに五色の砂を落とし、地面に描いていく。

与兵衛の脇に総髪をぼんのくぼで結わえ、継ぎのあたった粗末な小袖姿の若い女が座し、ときおり砂の入った袋を与兵衛に手渡したり、投げ銭を集めたりしていた。

顔は垢で浅黒く汚れ、素足に擦り切れた草鞋を履いている。だれの目にも、大道芸人の娘に見えたが、よく見ると目鼻立ちはととのい、その黒瞳《こくとう》には凜《りん》としたひかりがあった。美里である。

美里は、戸倉の話を聞いて、徒目付のなかに父を裏切り、小栗に内通している者がいるのではないかと思った。そして、父の敵を討つ前に戸倉の手助けをして内通者をあばいた上で、小栗と父の敵である佐竹を討ちたいと考えたのである。

「戸倉さま、もし裏切り者がいたとすれば、父の身辺にいた者ではないかと思われます。わたくしの家にも来ているかもしれませぬ。わたくしの見知った者が、佐竹や長瀬道場の者と接触すれば、疑ってみる必要がございます。わたくしなれば、その者の顔が分かるかもしれませぬ。どうか、わたくしに手伝わせてください」

そう、戸倉に訴えて同意を得、佐竹の身辺に目を配ることになったのである。

宗五郎たちが長瀬道場を襲った二日前、佐竹が菊吉に出かけたことを耳にし、与兵衛に頼みこんで店先を見張っていたのだ。

どうやら、菊吉が柳橋の浜鳥とは別の密会場所らしかった。

美里の扮装や顔の変装は初江が手伝ってくれた。芸人たちにとって、こうした変装はお手の物だったのだ。

美里が佐竹のあとを尾け始めて四日経っていた。一昨日、宗五郎たちが長瀬道場に押し入り、その後長屋の住人が五人、町方の手で捕らえられたことも美里は知っていた。

早く裏切り者をつきとめ佐竹を討たねば長屋の者に迷惑がかかる、との思いは強かったが、美里にはとりあえず佐竹を尾けることしか手立てはなかった。

陽が西に傾き、町は暮色につつまれはじめていた。

菊吉の玄関先に水が打たれ、ぽつぽつと客らしい男が駕籠《かご》や徒歩で来て暖簾をくぐったが、佐竹らしい男の姿は見えない。

長瀬道場を追われ佐竹や長瀬が姿を消してから二日経つ。そろそろ菊吉にあらわれるころだろうと美里は思っていた。

そのとき、与兵衛の砂を落とす手がふいにとまった。体はまったく動かなかったが、目は絵から離れ、前方に注がれている。

「……来ましたぜ」

与兵衛が美里だけに聞こえるような小声で言い、また、何事もなかったように指の間から砂を落としはじめた。

見ると、深編み笠の武士が通りから菊吉の玄関先に大股で歩いていく。その肩幅の広い巨軀に見覚えがあった。佐竹である。

玄関先で佐竹は編み笠を取ると、そのまま暖簾をくぐって店のなかに消えた。迎えに出た女中のものらしい女の声がかすかに聞こえた。

それから、小半時（三十分）ほどして、また深編み笠の武士がひとり通りから玄関先へむかった。

美里は緊張して目を凝らした。痩身でなで肩の男である。長瀬道場の者かとも思ったが、羽織袴《はおりはかま》姿で二刀を差し、足早に歩く姿には無頼牢人らしい崩れたものはなかった。

（長瀬道場にいた者だ！）

美里はそう直感した。

その武士も玄関先で編み笠をとったが、美里からは遠く後ろ姿だけでは何者かは判別できなかった。

それからしばらくして、与兵衛は色砂を掻《か》き集めだした。すでに町は暮色につつまれている。手元が暗くなっては、砂絵描きの商売はできない。さっきまで絵を眺めていた人垣も今はなく、橋のたもとに座しているふたりの姿はかえって人目を引いた。

色砂を集め終わると、地面を綺麗に掃いてから、ふたりはその場を去った。

それから、また小半時ほどして、与兵衛が座っていた場所に、夜鷹そば屋が出た。二八と書かれた掛行灯《かけあんどん》に浮かび上がったのは、英助である。そば屋の屋台は佐竹を見張るために堂本が借り受けたもので、夜間町角に立って見張るのにはもってこいの商売である。

英助の後ろにもうひとりいた。手ぬぐいを姐《あね》さん被りにし、襷がけで手伝っているのは美里だった。

佐竹ともうひとりの武士が、菊吉を出てきたのは、そうやって、ふたりが商売をはじめて二《に》刻《とき》（四時間）も経ってからだった。

月は出ていたが、薄雲が空をおおっているらしく、わずかな明りを地上に降らせているだけだった。店を出るとき、ふたりは女中から提灯を渡された。編み笠をかぶらなかったが、遠くからではやっと人の輪郭が判別できる程度で、顔までは見分けられない。ただ、その巨軀から佐竹の方はすぐに識別できた。

「どういたしやすか」

英助が訊いた。

「痩身の男が何者なのか。……どこへ帰るかだけでも、尾けてみます」

「それじゃァ、あっしもお供いたしやす」

英助はすぐに屋台を川端の松の陰に置き直すと、行灯の火を消した。

佐竹ともうひとりの武士は、菊吉を出て竪川沿いの道で二手に別れた。佐竹の方は両国橋方面にむかい、もうひとりは竪川沿いに東へむかった。

英助と美里は半町ほども間をとり、樹陰や屋敷の生け垣の陰などに身を隠しながら先を行く提灯の明りを尾けた。

町屋のつづく通りや、旗本や御家人などの屋敷のつづく通りを武士は足早に過ぎて行く。

「あの者、やはり彦江藩士のようです」

美里が小声で言った。

通りの先の柳原町に、彦江藩の中屋敷があった。痩身の武士は、そこへ行くつもりではないかと美里は思ったのだ。

彦江藩の藩邸は、上屋敷が外桜田に、下屋敷が本郷にあって、藩主と正室は通常下屋敷におり、上屋敷は幕府や諸大名などの対応に使われることが多かった。

勤番の藩士の住居は下屋敷と上屋敷にあり、ほとんど両屋敷内の長屋に寝起きしている。戸倉も徒目付として、下屋敷に住んでいた。

中屋敷は先代の藩主が隠居のために建てたもので、大名屋敷というより大身《たいしん》の旗本か富商の別邸といった感じの抱《かか》え屋敷《やしき》だった。

抱え屋敷というのは、幕府から与えられた拝領屋敷とちがって藩が独自に百姓地や町人地を買いとって建てた屋敷である。

したがって、屋敷も狭く、隠居した先代の藩主が死んでからは、たまに正室や側室などが療養のために使う程度で、ふだんは管理のためにわずかな家臣が住んでいるだけだと美里は聞いていた。

菊吉を出た武士は、いまその中屋敷にむかって歩いていた。

竪川沿いの通りは武家屋敷が多かったが、しだいに屋敷地内の樹木や田畑が目につくようになり、洩れてくる灯《ひ》がないせいか、闇が深くなったように感じられた。

「柳原町は、すぐ先です」

英助が小声で言った。

「追いつきましょう。屋敷の前で顔が見えるかもしれませぬ」

美里はそう言うと、足を早めた。

英助もおくれずについてくる。前を行く武士との間はだいぶ狭まったが、尾行に気付かないらしく、提灯は歩行にあわせてちいさく波打つように揺れていた。

川に沿った道に面し築地塀《ついじべい》をめぐらせた屋敷があった。門は長屋門である。敷地内は意外に広く、松や樫《かし》、楓《かえで》、欅《けやき》などが鬱蒼《うっそう》と茂り、屋敷の屋根だけが見えていた。

その門の前に武士が立ちどまった。

どうやら、くぐり戸から中へ入るつもりらしい。

そのとき、川端の松の樹陰にすばやく身を隠した美里が、何を思ったか、ふいに足元の小石をつかむと竪川の川面に投じた。

ポチャリ、と川面で音がした。

その音は森閑とした夜気を震わせ、門の前に立っている武士の耳にもとどいたらしかった。くぐり戸の前にかがみかけていた武士が、その音に立ち上がって振り返ると、音のした方を探るように提灯をかざした。

その灯《ひ》に武士の顔が浮かび上がった。

顎の長い、鼻の大きな男だった。

（……あの者、千坂兵庫《ちさかひょうご》どのでは！）

美里は男の顔に見覚えがあった。父が存命のころ、何度か屋敷に来たことがあり、美里も顔を合わせていたのだ。

千坂と思われる男は闇の中を探るように提灯をかかげていたが、辺りはひっそりと静まり、人のひそんでいる気配はないと感じたのか、提灯の火を消してくぐり戸から屋敷内に姿を消した。

5

美里と英助が菊吉から出た武士を尾行していたころ、豆蔵長屋の宗五郎のもとに、にゃご松が顔を出した。

宗五郎のそばに小雪が立っているのを見たにゃご松は、

「今晩は、猫小院《ねこういん》から来ましたにゃご松です。首屋の旦那にお猫さまのお告げを伝えに参りやした。にゃんまみだぶつ、にゃんまみだぶつ……」

そう言って、招猫《まねきねこ》のように右手を挙げて宗五郎をおもてにさそった。

にゃご松のおどけた仕草を見て、小雪がキャ、キャと声に出して笑った。にゃご松がおどけて見せたのは、小雪にいらぬ心配をさせないためである。宗五郎はにゃご松の態度で、逆に何か重大なことを報《し》らせにきたと察知した。

「にゃご松、何か分かったか」

長屋の露地に出ると、宗五郎はすぐに訊いた。

「へい、長屋の様子を探り、万造に伝えていた野郎が知れました」

「何者だ」

「下っ引きの孫六という男で」

「そいつは、いまどこにいる」

「下谷《したや》広小路にある角平《かどひら》という飲み屋で、一杯《いっぺえ》やってるはずですが」

にゃご松の言うには、木戸の陰にいた職人ふうの男が長屋の様子をうかがっているようなので尾けたという。

男は下谷にある万造の家に入ったので、付近の者にそれとなく聞いてみると、万造の手先の下っ引きだと分かったというのだ。

「それに、前にもその男が木戸の陰にいるのを、長屋のガキのひとりが見てやしてね。まず、まちげえねえと」

「にゃご松、案内してくれ。そいつをたたいて話を聞き出してやる」

「合点でさあ」

にゃご松は勢いこんで、両袖をたくしあげた。

宗五郎は初江のところに寄り、かんたんに事情を話したあと、小雪のことを頼んで長屋を出た。

下谷広小路は両国広小路に似た盛り場で、水茶屋や屋台などが軒を連ね、まだ人通りも多かった。寛永寺《かんえいじ》の参詣帰りらしい者や飄客《ひょうかく》、料理茶屋にでも向かうらしい大店《おおだな》の旦那らしい男などが行き交い、赤い前掛け姿の茶汲《ちゃく》み女が嬌声をあげながら盛んに客の袖を引いていた。

角平はその名のとおり、広小路からひとつ裏手の飲み屋などがつづく通りの角にあった。縄暖簾《なわのれん》の小体《こてい》な店だが、盛っているらしく、中から男の哄笑や濁声などが賑やかに聞こえてきた。

見張りとして置いたらしい、にゃご松と托鉢にまわっている仙造《せんぞう》という若い男が、ふたりの姿を見ると駆け寄って来て、孫六はまだ中で飲んでやす、と伝えた。

「旦那、どうしやす」

にゃご松が訊いた。

「待つしかあるまいな」

裏通りだが人目はあるし、大勢の酔客のいる店のなかに踏み込んで孫六を連れ出すことも難しいだろうと思われた。

宗五郎は視線をまわし、角平を見張れる手頃な場所はないかと探すと、向かいの一膳飯屋《いちぜんめしや》なら店先は見えるし時間も稼げそうだったのでふたりを連れて暖簾をくぐった。

頼んだ酒をちびちびやりながら、一刻《いっとき》（二時間）ほど待つと、顎の尖った三十前後の男が店から出てきた、

「旦那、あれが孫六でさァ」

にゃご松が小声で伝えた。

「よし、いくぞ」

宗五郎は金を払い、一膳飯屋を出ると孫六のあとを尾けた。

町木戸の閉まる四ツ（午後十時）もまぢかだったので、さすがに人通りは少なくなったが、料理茶屋や水茶屋の行灯《あんどん》や軒下の雪洞《ぼんぼり》などが通りを明るく照らし、後ろ姿を見失うようなことはなかった。

孫六は下谷《したや》御《お》成街道《なりかいどう》へ出て筋違橋《すじかいばし》の方へ歩いていた。酔っているらしく、遠目にも足元がふらついているのが分かる。

筋違橋の手前で、孫六は右手へまがった。そこは神田川沿いの道で、湯島《ゆしま》方面へつづいて

いる。この辺りまで来るとだいぶ寂しくなり、川縁の道には人の姿もなく、闇も深かった。

「ここらでよかろう」

そう言うと、宗五郎は駆けだした。にゃご松と仙造もあとにつづく。

宗五郎のどすどすとひびく足音に、孫六は驚いたように足をとめて振り返り、腰をかがめて夜闇のなかに目をこらした。

薄闇に浮かびあがった鍾馗のような顔に、孫六はすぐに宗五郎と気付いたらしく、

「て、てめえは！」

と叫んで、目を剥いた。

「おとなしくしろ！　命までとらぬ」

宗五郎は駆け寄りながら抜刀すると、慌てて逃げようとする孫六の肩口へすばやく刀身を当てた。

「な、なにをしやがるんだ……！」

孫六の顔がひき攣《つ》り、酔いで赤く染まった顔がどす黒くなった。

「お前が手引きしたために、長屋の者が何人か死んだ。この場で斬り殺されても文句はあるまい」

宗五郎は刀身を孫六の頬に当て、凄味のある声で言った。

「は、離してくれ……」

孫六は白目を剝き、顎を突き出すようにして首筋を伸ばした。腰が恐怖で笑うように震えている。

「だが、有体《ありてい》に話せば命まではとらぬ。為蔵たち五人はどこにいる」

「し、知らねえ」

「このまま首を刎ねてもいいんだな」

宗五郎は刀の刃を首筋に当てた。

「た、助けてくれ！……佐久間町の大番屋《おおばんや》だ」

大番屋は通称調べ番屋といい、小伝馬町の牢へ送る前に取り調べる所で、ここには留置所もある。

「小伝馬町へ送られてはいないのだな」

「ま、まだ、佐久間町に……」

「召し捕りにかかわったのは、万造か」

「へ、へい。それに、滝井さまから直《じか》に声をかけられた湯島の吉蔵《よしぞう》親分と、あっしら下っ引きで」

「同心や他の岡っ引きは動いてないのだな」

宗五郎は孫六の首から少し刀身を引いてやった。

「へい、あっしらだけで……」

どうやら、同心にも声をかけず滝井とその配下の者だけで動いたようだが、肝心なのは南町奉行の鳥居だった。

「南町のお奉行も、今度の捕物は承知のうえか」

「い、いえ、滝井さまだけで……。ゆくゆくはお奉行さまにもお伝えして、堂本座をお上のお役に立てると、そう申されておりやしたが、あっしらには、くわしいことは……」

分からねえ、と言って、孫六はちいさく首を振った。

「もうひとつ、訊く。堂本座から連れ去った菊之丞はどこに監禁しておる」

「し、知らねえ。……嘘じゃねえ。連れてったのは、佐竹とかいう牢人と長瀬道場の者で。あっしら、知らされちゃァいねえんだ」

孫六はむきになって言った。

どうやら、本当に監禁先は知らないようだった。

「よし、訊くことはそれだけだ」

宗五郎はそう言うと、孫六の肩の上に乗せた刀身をはずした。

「あっしを、見逃してくれるんで……」

孫六の顔に喜色が浮かび、二、三歩後ずさりしたときだった。

「そうはいかぬな」

言いざま、宗五郎は刀を峰に返し掬《すく》うように一振りした。

鈍い骨音《こつおん》がして、ギャッ！という叫び声を上げながら、孫六がその場に転倒した。

「い、痛え！……な、何をしやがった！」

半身を起こした孫六は、口に泡を噛み身を激しく震わせながら、背後にいざるように逃れた。

「命まではとらぬ。足の骨を折っただけだ。しばらく、おとなしくしていろ」

宗五郎は、納刀し踵を返した。

6

翌朝、豆蔵長屋の宗五郎の家に、美里と戸倉が訪ねて来た。すでに、五ツ（午前八時）は過ぎていたが、まだ朝餉を終えたばかりだった。

昨夜、孫六から話を聞き出した後、元鳥越町の堂本の住居《すまい》に立ち寄って話し込んだため遅くなり、小雪に起こされたのが、半時《はんとき》（一時間）ほど前だったのだ。

「早朝から、ご無礼つかまつる」

戸倉は真剣な目差《まなざ》しで言った。

美里も思いつめたような顔をして、傍らに立っている。昨夜何事かあったらしく、ふたりの顔には疲労の色が浮いていた。ただ、ふたりとも何か強い思いを抱いているらしく、目が燃えるようなひかりを帯びていた。

「何事でござる」

宗五郎は土間に立っているふたりを外に誘い、あらためて訊いた。

「昨夜、佐竹と会った彦江藩の者を尾けました」

そう切り出したのは、美里だった。

美里は昨夜の経緯を宗五郎に話し、

「千坂兵庫こそが、小栗と内通し父を裏切ったに相違ありませぬ」

と強い口調で言い添えた。

「千坂は拙者と同じ徒目付でござるが、屋敷は小栗とは同じ長柄《ながえ》町にございます。小栗邸を探索するのに、同じ町内なれば都合がよいと高山さまより探索役を仰せつかったと思われますが、年少のころより小栗とは面識があり、逆に小栗側に気付かれ取りこまれたのでは、と推測いたします」

戸倉の声にも確信的なひびきがあった。

長柄町というのは、彦江藩の領内の武家屋敷のおおい町で、槍組などの者がおおく住んでいたことからその名で呼ばれていた。

「さらに、出府にあたり千坂が徒目付から側役《そばやく》に抜擢《ばってき》されたこともあり、小栗の力が動いていたと思わざるをえませぬ」

「うむ……」

小栗も用心しており、面識のある千坂と密かに接触し、出世や加増を餌に味方に引き入れることぐらいはするだろう、と宗五郎も思った。

「内通者は千坂と知れましたが、問題は昨夜千坂が出向いた屋敷でございます」

戸倉の声が急に低くなり、その顔貌《おもて》が緊張でこわばった。

「柳原町の中屋敷でござるな」

千坂が中屋敷へ入ったことは、さきほど美里から聞いていた。

「はい、先代の土佐守《とさのかみ》さまがご他界遊ばされてから、ここ数年、中屋敷は蓮照院《れんしょういん》さまが療養のため専用にご使用なされておられるのです」

土佐守は先代の藩主である。また、蓮照院というのは土佐守の正室で、現藩主摂津守の母君で、土佐守の死後蓮照院を名乗り、奥向きを実質的に支配し、しばしば藩政にも嘴《くちばし》をはさむほどの勢力がある、と宗五郎も耳にしたことがあった。

「されば、蓮照院さまと小栗が……」

小栗は藩政にも隠然たる勢力をもっている蓮照院に取り入ったのではないかと、宗五郎は推測した。

「はい、島田どののご推察のとおりではないかと思われます。もし、小栗が密かに蓮照院さまと結託したとすれば、異例の出世もうなずけますし、居丈高に殿に接するのも納得できるのです」

戸倉の話では、摂津守は性格的に軟弱なところがあり、しかも若くして藩主の座についたため、実母の蓮照院を頼り言いなりになることが多いという。

「ですが、こたびの財政逼迫にかかわり蓮照院さまが取り沙汰されたことはございませぬ。小栗が密かに接触し、外部にもれぬよう配慮したためでございましょう。おそらく、小栗は蓮照院さまも意のままに動かしているものと思われますが、なにゆえ、小栗は蓮照院さままでも操ることができるのか……」

いまひとつ解せませぬ、と小声で言って、戸倉は眉根を寄せた。

そのとき、宗五郎の脳裏に菊之丞のことがよぎった。

「蓮照院さまはおいくつになられる」

宗五郎が訊いた。

「殿がおん歳二十一にあらせられるから……、蓮照院さま十七歳のときのお子にござれば、三十八歳になられたはず」

「先代が亡くなられたのは、三十のときか……。まだ、お若い」

土佐守が急逝し、嫡男の松丸君《まつまる》（現摂津守）が彦江藩を継いだのは、宗五郎が出奔する二年前のことだった。

蓮照院が健康で肉欲の旺盛なお方であれば、奥での空閨《くうけい》の日々は他言できぬ辛苦であったかもしれない。

（菊之丞の拉致が、蓮照院とかかわるとすれば……）

宗五郎の脳裏に淫《みだ》らな連想がわいた。

「蓮照院さまが、中屋敷を療養のためにご使用されたということだが、ご病弱であられたのか」

「いえ、そのようなことはございませぬ。ご健やかで、ご気色もことのほかおよろしいと聞いております」

戸倉はきっぱりと言った。

「蓮照院さまが、中屋敷を使われるようになったのはいつ頃からだ」

中屋敷は竪川に面していた。菊之丞を舟で連れ去ったという話もある。人目に触れずに、舟で運び入れ監禁するのに、中屋敷はうってつけの場所だった。

「四年前からと聞いております」

「うむ……」

たしか、森田座の市村新次郎という女形が姿を消し、その後大川に死体が上がったのが四年前のはずである。もし、中屋敷に連れ込まれ、蓮照院の肉欲のなぐさみ者にさせられ、荒淫のため衰弱して死んだとすれば、時期も合うし大川に痩せ衰えた死体が上がったこととも符合する。

「いずれにしろ、中屋敷は陰湿な策謀の巣となっているのではないかと……」

戸倉は苦渋の色を浮かべた。

「調べてみる必要はありそうだな」

「はい。……ですが、迂闊《うかつ》に動けませぬ。中屋敷には蓮照院さまがおられますし、われらが探索の手をむけたと知れば、小栗がどのような手を打ってくるか。場合によっては、殿の名を借りて、われら徒目付はむろんのこと、本田さまや末次さままでも一気に処断しかねませぬ」

「本田さまのご存念は」

宗五郎が訊いた。

「本田さまたちは、動かぬ証拠をつかんでから、殿に小栗の処分を申し出るつもりだ、とのおおせでございます。むろん、その前に家老や国家老の重臣たちを味方に引き入れる必要がございますし、いま、中屋敷にわれらが踏み込むのは得策ではないと……」

「うむ……」

要するに、まだ、小栗を処分するだけの確かな証拠をつかんでいないし、反小栗派も藩主を動かすだけの力はないということなのだろう。

「それゆえ、われらも中屋敷に出入りする者と密かに接触し、中の様子を調べるつもりでおりますが、島田どのにも手を貸していただきたいと存じ、こうして参ったしだいでござる」

そう言って、戸倉は宗五郎に訴えるような目をむけた。

「そういうことか……」

宗五郎は、戸倉と美里がそろって訪ねてきた理由が分かった。

堂本座の手を借りて、小栗が蓮照院の弱味を握って思いのままにあやつっている証拠をつかみたいのであろう。

「戸倉どの、中屋敷はわれらの手で調べよう。ただし、彦江藩のためではない。堂本座の菊之丞を助け出すためだ」

宗五郎はきっぱりと言った。

いかなる理由があろうと、彦江藩のために堂本座の者を使いたくなかったのだ。

それに、宗五郎自身、彦江藩のために働く気はなかった。上役を斬り牧郷を捨てて出奔してきた身である。宗五郎にとって故郷の彦江藩は、追っ手をさしむけわが命を狙う危険な存在でしかなかった。

第六章　誅殺

1

暖かくねっとりとした風だった。黒雲が重く、家並の上をおおっている。いまにも雨粒が落ちてきそうな空模様だ。

その荒れそうな雲行きに急《せ》かされるように、宗五郎は足を早めた。大柄な宗五郎の後ろに、源水、戸倉、美里、それに大助がつづいていた。五人は竪川沿いの道を柳原町にむかって歩いていた。

人目につかぬよう五人は少し離れ、衣装もふだんのままで、大助などは大工らしい半纏《はんてん》に股引姿で道具箱まで担いでいた。

「菊之丞が中にいるといいんだがな」

宗五郎がすぐ後ろを歩いている源水に声をかけた。

「押し入るかどうかは、まず、それを確かめてからですよ。そのために、大助が来てるんですから」

源水が小声で応えた。

「美里と戸倉にとっても、大事な一戦だな」

宗五郎がつぶやくような声で言い、後ろを歩いている戸倉たちに目をやった。

戸倉、美里、大助の三人は、それぞれ思いつめたような顔で宗五郎たちの後をついてくる。


戸倉と美里から話を聞いた宗五郎は、その日のうちに堂本の屋敷に足を運んで事情を伝えた。

「やっと、滝井や益田屋の背後にいる人物が見えてきましたな」

と、堂本が目を光らせて言った。

「菊之丞は、その屋敷に監禁されているとみるか」

宗五郎が訊いた。

「はい、まず、まちがいありますまい。大奥の上臈《じょうろう》でさえ、役者にはうつつを抜かすご時世ですからな。菊之丞には役者以上の色気がありましたから……」

「菊之丞を何とか助けださねばならんな」

「はい、ですが、宗五郎さん」

堂本はそう言うと、あとの言葉を呑み、多くの芸人を束ねる座頭らしい鋭い目を宗五郎にむけ、彦江藩のお家騒動に首をつっこむつもりはございませんよ、と念を押すように言った。

「承知している」

宗五郎も堂本と同じ考えだった。彦江藩のことは私事である。美里の敵討ちも一座の者にはかかわりがないと思っていた。

「とはいえ、堂本座に降りかかってきた火の粉《こ》は、あっしらの手で払わねばなりますまい。益田屋と滝井は、彦江藩とかかわりがなくとも堂本座を手に入れようとしたでしょうからな」

「…………」

「菊之丞を奪われたことも、為蔵たち五人をお縄にされたことも、あっしらの頭上に降りかかってきた火の粉でございますよ」

堂本は立ち上がると、宗五郎さん、あっしらの手で奪われた一座の者はあっしらの手で取り返しやしょう、そう言って、すぐに、堂本は家に出入りしている芸人たちを走らせ、米吉、彦斎、源水、大助の四人を呼び集めた。

堂本の屋敷の奥座敷に顔をそろえた六人は、菊之丞と大番屋に捕らえられている五人の芸人を救出するための策を練った。

「まず、柳原町の中屋敷を探らせます。なに、出入りの商人から話を聞ければ、およその様子はつかめましょう」

　堂本は、ここ二日のうちに調べたいと言った。

　滝井への返答まで三日ほどしかなかった。それまでに、菊之丞を助けだしておきたかったのだ。

「米吉、彦斎、すぐに長屋の者を動員して柳原町の中屋敷を探ってくれ」

「承知しやした」

　米吉が応え、ふたりそろってうなずいた。

「それから、菊之丞の方のかたがついたら、滝井と会って決着をつけるつもりだ。できるだけ人数は多い方がいい。堂本座の者はもちろんだが、江戸中の大道芸人、物売りにも声をかけたら集まれるよう手配しといてくれ」

「へい、すぐにも」

　こんどは彦斎が応えた。

　堂本が口にした物売りは、ぼて振りや荷商《にあきな》いの行商人ではなく、かんたんな芸や滑稽な話術で人を集めて物を売る者のことで、香具師にちかい者たちだが、堂本座の大道芸人たちとも商売上つながりがあったのである。

「それから、中屋敷には大助を連れていったらいいでしょう。この男の身の軽さはちょっとしたものですよ」

屋敷内を探るにはもってこいの男です、そのために、今日はここに来てもらいました、そう言って、堂本は大助の方に目をやった。

「菊之丞は、何としても助けだしてえで」

大助は宗五郎たちに膝先をまわすと、よろしくお願えしやす、と頭を下げた。

手筈《てはず》が決まると、五人は堂本の屋敷を出た。

翌日の夕方、ふたたび五人は堂本の屋敷へ集まり、芸人たちが調べたことを米吉と彦斎から聞いた。

「分かったのは、蓮照院さまとお付きの奥女中が三、四名、それに家臣が数人いるとのことでして。菊之丞が屋敷内に捕らえられているかどうかまでは……」

まだ、つかめません、と米吉が報告した。

いかに、大道芸人たちの情報収集力が優れていようと、調べたのは丸一日である。それ以上は無理であろう。

「それだけの手勢なら、おれと源水とで何とでもなる」

宗五郎が言った。

押し入ったとしても、町方を呼ぶこともできず、抵抗するのは数人の家臣だけだろうと宗五郎は読んだのだ。

「明日の夜にでも、滝井と会うつもりでおります。今夜、中屋敷へ入り、菊之丞を助けだしてもらいます。ただし、押し込む前に、大助を忍び込ませ、菊之丞がどこに捕らえられているか、はっきりさせてからにしてくださいよ」

堂本はそう念を押した。

宗五郎は源水や大助と落ち合う場所を両国橋の東の橋詰めと決め、いったん長屋にもどった。残りものの飯に湯をかけて腹ごしらえをし、帰るまで初江に来てもらうから、と小雪に言い置いて家を出た。

そして、初江に事情を話して木戸まで来たとき、戸倉と美里の姿が目にはいった。戸倉は手に一丈《いちじょう》ほどの槍を持っていた。宗五郎は戸倉家の家系から代々大東流の遣い手がでていることを思い出した。

「島田どの、中屋敷には千坂と徒組の者が警護役として五名おり、いずれも無念流を遣います。さらに、長瀬がいるとのこと。……屋敷に押し入るのであれば、拙者も堂本座のひとりとして加えていただけぬか」

と真剣な目差《まなざ》しで言った。

長瀬がいるとは意外だった。道場を追われた長瀬は、千坂にでも頼みこんで屋敷においてもらったのであろうか。あるいは、千坂の方で万一に備え、家臣に顔を知られている佐竹ではなく、長瀬を連れこんだのかもしれない。

話を聞くと、戸倉は藩邸にもどり中屋敷の管理役もかねていた用人に会って屋敷内の様子を聞き出したという。そして、そのことを伝えるために、昨日豆蔵長屋に来て芸人たちが総出で中屋敷周辺を調べていることを知り、宗五郎たちが中屋敷を襲撃するつもりではないかと察知したらしい。

「千坂だけは、わが手で討ちとうござる」

戸倉は強い口調でそう言い、美里どのにとっても、千坂は敵のひとりでもございます、と言い添えた。

美里も眦《まなじり》を決してうなずいた。

「よかろう、ただし、おれたちは菊之丞を助けだすために行くことを心しておいてくれ」

宗五郎はそう念を押して、ふたりが同行することを承諾した。

柳原町の中屋敷は深い闇のなかに沈んでいるように見えた。敷地内の鬱蒼《うっそう》とした樹木のせいで、よけい闇が濃く見える。

中屋敷の長屋門の見える場所に、五人は立っていた。そこは竪川の川縁で、長屋門からは一町ほども離れていた。湿気をふくんだ川風が、五人の裾や袖にからまるように吹き過ぎていく。

「大助、頼むぞ」

宗五郎が声をかけた。

ヘイ、と小声で応じた大助は、担いでいた道具箱から風呂敷包みを取り出した。中に黒い衣装が入っていた。舞台で使う黒の筒袖にたっつけ袴である。ちかくの柳の樹陰ですばやく着替えると、半時《はんとき》（一時間）ほどでもどりやす、と言い置いて、中屋敷めざして走りだした。猿《ましら》を思わせるような敏捷な動きである。大助の黒い装束は瞬《また》く間に、闇のなかに溶けて消えた。

2

大助は近くの松の枝を巧みにつたって築地塀を越えると、庭木の陰に身を隠しながら屋敷に近付いていった。

庭に面した母屋は思ったより広そうだった。家臣の長屋と土蔵が右手に、左手に中間のための小屋があったが、ひっそりとして濃い闇につつまれている。

大助はかすかに灯明《あかり》のもれている母屋の脇へまわり、間取りのおおまかな見当をつけると、床下にもぐりこんだ。

肘と膝を使い、大助は亀のように床下を這いながら移動した。わずかでも物音と人の気配がある部屋では息をつめ、頭上の話し声や衣擦れの音を聞き取って、菊之丞の監禁されている場所を探そうとした。

大助は菊之丞が蓮照院の肉欲のなぐさみ者になっているなら、座敷牢のある奥座敷か、あるいはこの時刻であれば蓮照院の寝間ではないかと見当をつけていた。いずれにしても、玄関や庭先からは遠い奥座敷のはずである。

見当をつけた奥座敷の床下を這い進んでいると、ふいに頭上から衣擦れの音が聞こえてきた。大助は息をとめて聞き耳をたてた。

激しい息使いと呻き声がする。

来やれ！　来やれ！　と、昂《たか》ぶった女の声が聞こえた。夜具を撥ね除けるような音がし、畳を激しく踏む音がした。からまるような衣擦れの音と、喘ぎ声、細い悲鳴も聞こえる。

(閨事《ねやごと》にしちゃァ、激しすぎるぜ)

そう思って、床板に耳を近付けたとき、藤川《ふじがわ》さま、ごむたいな、と聞き覚えのある細い男の声がした。

（菊だ！）

間違いなく菊之丞の声だった。

頭上から聞こえてくる物音や男女の声、息使いなどから、大助は菊之丞が房事を無理強《じ》いされていることが分かった。相手の女は蓮照院ではなく、藤川という女である。

だが、大助にとって、相手の女はだれでもよかった。そこに菊之丞が捕らえられているということが分かればじゅうぶんなのである。

大助は素早くその座敷の下から、侵入した庭先へともどった。

「やはり、そのような破廉恥なことを」

大助から屋敷内の様子を報《し》らされた戸倉は、嫌悪の表情を浮かべ吐き捨てるように言った。

「ですが、相手の女を藤川と呼んでおりましたぜ」

大助が首をひねった。

「藤川は、法名を名乗る前のお名前でござる」

寝間ではお若いころの名で呼ばせているのであろう、と戸倉は苦しそうに言った。

「これで、菊之丞が屋敷内にいることがはっきりした。手筈どおり、屋敷内に入り、菊之丞を助けだす」

宗五郎はそう言うと、手早く刀の下げ緒で襷《たすき》をかけ、袴の股だちをとった。

美里も袴姿で脇差を差していたが、襷をかけ身支度をととのえた。源水や戸倉も同様に支度すると、四人は大助の後について長屋門の前にまわった。

長屋門は家臣のための住居になっていたが、灯明《あかり》もなく静かで人のいる気配はない。

「それじゃァ、すぐにくぐり戸を開けやすので……」

そう言うと、大助はさっき侵入した松の幹にスルスルと登り枝を伝って、屋敷内に消えた。

待つまでもなかった。すぐに、くぐり戸が開き、大助が顔をだした。

四人は足音を忍ばせて入った。屋敷内はひっそりとして灯明が洩れているのは、母屋だけだった。

蓮照院の中屋敷での滞在は名目上療養だったが、菊之丞との房事が目的だったので、家臣やお付きの奥女中は最小限にとどめているのであろう。廊下にある掛行灯《かけあんどん》が仄かな明りを夜陰に投げていたが、身を締め付けるような静寂が屋敷内をつつんでいた。

長屋と中間小屋も灯《ひ》が消え、寝静まっている。

「拙者と美里どのはここで……」

戸倉が小声で宗五郎に伝えた。

戸倉は屋敷内に侵入し、蓮照院に刃を向けるのは畏多《おそれおお》いと、はじめから玄関先で千坂を待つ手筈になっていた。

宗五郎も源水も屋敷内で斬り合うことはさけたいと考えていた。一気に、奥座敷まで侵入し、菊之丞を助け出して外に出るつもりだった。おそらく、宿直《とのい》の家臣や千坂などが追って出るはずである。その千坂を戸倉がむかえ討つのだ。

大助が脇差の先を使って玄関脇の雨戸をはずした。

宗五郎がちいさくうなずいたのを合図に、大助、宗五郎、源水の順に屋敷内に侵入した。玄関の間を抜けると、奥に廊下がまっすぐ延びていて突き当たりの座敷から明りが洩れていた。

「あれか」

声を殺して宗五郎が訊くと、大助は首を横に振り、突き当たりを右手に曲がった奥の見当でさァ、と小声で応えた。

足裏を擦るようにして音を消し、宗五郎たちはすばやく廊下を進んだ。

（いる！）

宗五郎は突き当たりの座敷の障子に映じた燭台の火影が、かすかに揺れたのを感じた。大気が動いたのだ。

宗五郎は前を行く大助の肩に手を伸ばし、ふり向いた大助に、後ろにつけ、と目で合図した。

座敷の前までくると、障子の向こうに人の気配がした。ひとりではない。数人ひそんでいそうだ。宗五郎が鯉口を斬ると同時に、座敷から夜気を裂くような殺気が放射され、一瞬、人影が障子に映った。

突如《とつじょ》、障子を破って槍が突き出される。

トオッ！

鋭い気合を発し、宗五郎は刀を抜き上げ、槍の蕪巻《かぶらまき》あたりをたたっ切り、返す刀で人影を障子ごと薙ぎ払った。

バッ、と小桶《こおけ》で撒いたように血飛沫が障子を染め、腹部を斬られた武士が上体を障子につっこみ絶叫とともに廊下に転がり出た。

間髪《かんはつ》をいれず、障子を蹴破り、数人の人影が前方と後方にあらわれた。座敷の奥に、総髪で長身痩軀の男がいた。闇のなかに佇立《ちょりつ》している、顎のとがった顔に見覚えがあった。長瀬である。

その他の武士は三人だった。燭台の炎がゆれ、構えた白刃と攣《つ》りあがった両眼が、うすくひかっている。武士たちの顔に恐怖がない。侵入者を討ちとろうとする殺気が全身に満ちている。いずれも相応の遣い手とみていい。

「源水、行くぞ！」

叫びざま、宗五郎は前方に立ちふさがった武士の正面から踏み込み、袈裟に斬りこんだ。障子ごと斬り払う、強引な斬撃だった。

障子の破れる音と絶叫が、静寂を劈《つんざ》く。

武士は宗五郎の切っ先で肩先を深く抉《えぐ》られ、片腕を棒のように垂らしたまま座敷の奥へよろよろと後じさった。

かまわず、宗五郎と大助は廊下を突き進み、突き当たりを右手へまがる。前方奥の部屋から灯明《あかり》が洩れて人影がせわしく交差し、甲高い女の声が聞こえてきた。

激しい足音をたてて、武士がふたりの後を追いすがる。

宗五郎の後につづいた源水が、ふいに立ち止まり、ここはおれが食い止める、と言って、追いすがる武士を迎え撃つように居合腰に沈めた。

3

宗五郎は女の声のする部屋の障子を荒々しく開け放った。

部屋の四隅に立てられた燭台の火に照らしだされた座敷に、三人の女がいた。前に立ったふたりは、宿直《とのい》の奥女中らしく白絹の寝間着らしい衣装に身をつつみ、顔をこわばらせて懐剣を胸のあたりで構えていた。

その背後に、白羽《しろは》二重《ぶたえ》に緋《ひ》縮緬《ぢりめん》の帯、おすべらかしの髪を長く垂らした蓮照院らしき女が立っていた。

女たちの足元で、激しい房事を思わせるように夜具や投げ出された紅絹裏《もみうら》の搔巻《かいま》きが乱れていた。蓮照院らしき白粉《おしろい》を塗った顔が、能面のように白く浮き上がり、口紅が血を塗ったようにどくどくしい。

菊之丞の姿はそこになかったが、座敷の隅に屏風が立てられており、その向こうにだれかいるらしく喘ぎ声と畳を擦るような音がした。

前に立ったふたりの女中が、蓮照院さま、お逃げくださいい、と叫んだが、蓮照院は夜叉《やしゃ》のような顔で頭《かぶり》を振り、

「そちは、何者じゃ！」

と、甲走《かんばし》った声をあげた。

「菊之丞の相方よ、そこをどきゃァがれ」

大助が女たちの前に出た。

「おのれ！　町人の分際で、許さぬぞえ！」

目を攣《つ》りあげ狂人の態《てい》で蓮照院は叫んだが、黒装束の大助と巨軀の宗五郎に恐れをなしたらしく、全身を震わせながら後じさった。

かまわず大助は女たちの背後の屏風に走った。健気《けなげ》にもひとりの女中が懐剣を振りかざし大助に切りかかったが、大助に片手で肩口を突かれると、ワッ、と声をあげ、腰から後ろに倒れ込んだ。もうひとりは、両手を広げて蓮照院をかばうようにその前に立ちはだかっている。

女たちにはかまわず、大助は屏風を押し倒した。

しごき帯で両手を後ろ手に縛られ、猿轡《さるぐつわ》をかまされた菊之丞が横たわっていた。

「菊、助けにきたぜ！」

大助はそう叫ぶと、菊之丞を縛ったしごき帯を脇差で切った。

菊之丞はやつれた顔に喜色を浮かべ、よろよろと立ち上がった。

「長居は無用、あとに続け！」

ふたりに声をかけ、宗五郎は廊下に飛び出した。

前方に腰を落とした源水の姿があった。座敷から洩れてくる灯明に、廊下の床が黒光りしている。右手を柄に添え、抜刀の体勢をとっている源水の後ろ姿は低く蹲《うずくま》っているように見えた。

その源水の向こうに、刀身を担ぐように構えた武士と、長身の長瀬の姿があった。

一瞬、対峙した源水とふたりの姿が動きをとめ、薄闇のなかで凝固したように見えたが、次の瞬間、鋭い殺気が放射され、無念流独特の甲声が夜気を裂いた。

キエエイッ！

一瞬、源水の向こうにいた武士の姿が、燭台の火を受けた長い影といっしょに伸び上がり、翼を広げて獲物を襲う巨鳥のように源水を襲った。

だが、源水の動きの方が疾《はや》かった。鋭い気合とともに抜きつけた刀身は、踏み込んできた武士の腹を横一文字に割っていた。

グエッ！　と臓腑でも吐くような呻き声をあげ、がっくりと膝をつくと前につっ伏し、腹から溢れ出た臓腑を引きずりながら、廊下を這った。

「源水、長瀬はおれが斬る！」

いいざま、宗五郎は源水の前に立った長瀬に、対峙するように走り寄った。

だが、長瀬はすぐに踵を返した。宗五郎と源水のふたりを相手にするのは不利と思ったか、それとも、この場を逃げようとしたのか。後ろを見ずに、脱兎のごとく玄関の方へ走り出したのだ。

戸倉は屋敷内で突如起こった絶叫を聞くと、槍を構え、二度ほどしごくように夜陰を突いた。

「戸倉さま、ご油断なされぬよう」

美里は決死の表情でそう言い、脇差を抜いた。

「美里どの、それがし、裏切り者を誅殺《ちゅうさつ》せよ、と本田さまより仰せつかっておりまする。まず、千坂はわが手で一突き、まいりとうござる」

戸倉は強い口調で言った。

美里は、ハイ、と応え、わずかに戸倉から身を引いた。

屋敷内から、怒号、足音、障子を蹴破る音、女の甲高い叫び声などが、つづいて聞こえてきた。

戸倉が玄関から飛び出してくる者を迎え撃とうと、二、三歩歩み寄ったときだった。意外にも、背後で砂利を踏む荒々しい足音が聞こえた。

「戸倉さま、千坂兵庫が！」

美里が鋭い声をあげた。

見ると、背後の長屋から駆け付けたらしい千坂が他のふたりの徒組の者とともに、抜刀して迫って来る。どうやら千坂は長屋にいたらしい。

「戸倉！　夜盗の真似か」

千坂は丸顔を紅潮させ、他の藩士に、ふたりを討ち取れ！　と命じた。

ふたりの藩士は、すばやく戸倉と美里の背後にまわりこんだ。

「千坂、やはり、おぬしがここにいたか」

「中屋敷の警護だ」

長い顎を突き出すようにして、ふてぶてしい嗤いをうかべた。

「小栗の専横のため、わが藩が存続の窮地に立たされていることが分からぬのか。おぬしの裏切りのため、高山さまは佐竹の凶刃に倒れたのだぞ」

戸倉がそう言って槍を千坂に向けると、

「千坂兵庫！　高山清兵衛が娘、美里。……父の敵！」

と美里が、声高に名乗り、キッと千坂を睨んだ。

「蓮照院さまを襲うとは、畏れを知らぬ慮外者《りよがいもの》め、討ち取ってくれる」

千坂は戸倉の穂先から切っ先を引いて青眼に構えた。

「大東流、いざ、参る！」

戸倉は腰を落として刺撃の構えをとると、ぐいと一尺ほど穂先を突き出し、間合をつめた。

自然体のどっしりとした構えである。

千坂の腹部にピタリとつけられた穂先は微動ともせず、鋭い闘気を穂先から放射している。

さらに、一歩前に出た戸倉の動きに合わせるように、背後にいた徒組の者が八相から、戸倉の背中へ斬りこんでくる気配を見せた。

瞬間、戸倉の体が躍動した。

ヤッ！　と裂帛《れっぱく》の気合を発し、前に突くと見せた槍を振り向きざま大きく後ろへ引いた。鋭く伸びた石突《いしづき》が振りかぶった背後の敵の胸部をとらえ、後ろへ突き飛ばした。

間髪をいれず、戸倉は体を捻りながら右手一本で持った槍を半回転させ、前から踏み込んできた千坂の右腕を穂で激しく打った。戸倉の一瞬の流れるような槍さばきである。

アッ、と声を上げ、千坂は手にした刀をたたき落とされていた。

戸倉の動きはそれでとまらなかった。刀を落とし、背後に引こうとした千坂の腹部へ、鋭い気合とともに、槍を突いたのである。

激烈な突きだった。腹を貫いた鋒先は千坂の背から一尺ちかくも突き出した。

その手練の早業に恐れをなしたのか、美里と対峙していた徒組の者が、悲鳴をあげて後じさった。

「美里どの、いまでござる、一太刀を！」

戸倉の声に、ハイ、と応えざま、美里は脇差を胸のところで構え、体ごとつき当たるように踏み込んで千坂の胸部に突き刺した。

呻き声を上げながら足元に倒れ込む千坂に目をやり、美里は顔に浴びた返り血を拭《ぬぐ》いもせず、ハア、ハアと荒い息を吐いた。

玄関からおもてに駆け出した長瀬は、槍をひっさげた戸倉の足元に千坂が倒れているのを見て、もはやこれまでと観念したのか、口元に嘲弄するような嗤いを浮かべて築地塀を背にして立った。

「来い！　無念流、隠剣を見せてくれるわ」

そう言うと、長瀬は青眼から左足を前に出し、刀身を背後に引いて脇構えにとった。長瀬の得意とする隠剣の構えのひとつで、先に敵に攻撃させて応じる後《ご》の先《せん》の仕掛けとなる。

「手出し無用！　長瀬はおれが斬る」

そう言って、宗五郎は源水や戸倉を制すると、長瀬にひとり対峙した。

「長瀬京三、おれの首をみごと刎ねてみよ！」

そう言うと、宗五郎は切っ先を低い下段に下げ、腰を落として首を前に突き出すように身構えた。

晒台こそなかったが、首屋として客に頭上を打たせるときの体勢である。宗五郎のこの独特の構えも、敵に先に攻撃させる後の先の構えだった。

およそ、二間余の間合をとり、両者は対峙したままピクリとも動かなかった。切っ先の牽制も、敵を威圧するような気合もなかったが、両者の間で激しい気の攻防がつづいていた。痺《しび》れるような剣気がふたりを緊縛し、塑像のようにつっ立ったまま微動だにしない。風が屋敷の木立ちを揺らし地面を転がった枯れ葉が戯れるように、宗五郎の爪先にからまった瞬間だった。

鋭い殺気がふたりの間の緊張を裂き、キエエイッ！　という甲声とともに、長瀬の長身が前に躍った。八相から頭上に打ちこむと見せ、上体を捻りながら袈裟に斬りこんだのである。

その切っ先が、宗五郎の首をとらえた、と見えた瞬間、スッ、と上体を引いた。真抜流の紙一重の見切りである。そして、身を引きざま、宗五郎は下段から掬い上げるように逆袈裟に斬りあげていた。

まさに剛剣だった。宗五郎の揮った刀身は長瀬の左脇腹から入り、右肩へ抜けたのである。長瀬は、よろっと一、二歩前に歩んだように見えたが、すぐにその長身が折れたように傾げ、崩れるように倒れた。

呻き声と血の迸《ほとばし》り出る音とが風のなかに聞こえ、薄闇のなかに横たわった長瀬の体が黒い倒木のように見えた。

「島田さま！」

美里が顔をこわばらせたまま宗五郎のそばに駆け寄った。

4

江戸っ子に川向こうと呼ばれた本所《ほんじょ》は、寺社の多いところで、無縁仏を供養する回向院《えこういん》、縛られ地蔵で有名な南蔵院《なんぞういん》、藤の名所で知られる亀戸天神《かめいどてんじん》などがある。なかでも、北本所は寺が多く、番場町《ばんばちょう》、表町《おもてちょう》などは通りのどこからでも、境内の杜《もり》や堂塔の一部が見えるほどである。

北本所表町の一角に、長妙寺《ちょうみょうじ》という小さな無住の寺があった。真言宗の寺でつい最近まで住職はいたのだが、半年ほど前、流行病《はやりやまい》で急死してから無住のままになっていた。

荒れ寺だが、思いのほか境内は広く本堂や庫裏《くり》の周辺は、杉や松などの鬱蒼とした杜でかこわれていた。

すでに暮六ツ（午後六時）にちかく、杉や松の葉叢《はむら》から射す西日が茜色《あかねいろ》の筋を境内の乾いた地面に刻んでいる。

　その本堂の前に、堂本と宗五郎が立っていた。

「そろそろ約束の刻限だが、滝井はくるかな」

　宗五郎が堂本に声をかけた。

「参ります。おそらく、佐竹を同行してくると存じますが……」

　堂本は山門の方を見ながら言った。

　万造を通して、長妙寺で会いたい、と申し出たのは堂本の方だった。滝井の要求に返答する約束になっていた日限だったので、すぐに承諾の返事がきたが、使い役の万造は、ただし、用心棒はひとりだけにしてほしい、と付け加えたのである。

　場所が無住の荒れ寺だけに、滝井は大勢で襲われる危険を感じて同道するのはひとりだけの条件を出したと思われる。

「米吉や彦斎の手配は」

　宗五郎が訊いた。

「ぬかりなく。……幸い、今夜はいい月夜のようで」

　堂本は頭上を見上げ、滝井に堂本座の本当の力を見せてやりますよ、と呟くように言った。

「そろそろあらわれてもいい頃合だが……」

陽は沈みかけていた。茜色だった足元の陽射しは、うすく仄かな明るみを残すだけで、本堂のまわりや樹陰には夕闇が忍びよっていた。

約束の刻限は七ツ半（午後五時）である。すでに、暮れ六ツ（午後六時）にちかい時刻のはずだが、まだ滝井たちの姿は見えなかった。

それから、小半時（三十分）ほどし、寺々の入相《いりあい》の鐘《かね》が鳴ってから、やっと山門をくぐる三つの人影が見えた。滝井、佐竹、万造である。

「すこし遅かったようですが……」

堂本がおだやかな声で質した。

「念のためにな、寺のまわりを調べさせてもらったのよ」

万造が鼻先で嗤うような顔をして言った。

堂本が仲間を引き連れて来ていないか、確認してから山門をくぐったようだ。

「やはり、そちらのお侍さまは、滝井さまのお知り合いで……」

堂本が滝井の後ろに立っている佐竹に目をやり、皮肉な嗤いを浮かべた。

「たまたま、浜鳥で同席してな、首屋のことを話すと、顔が見たいというので連れて来たのよ」

滝井は恵比寿のような顔をくずし、宗五郎と佐竹を交互に見た。

その宗五郎と佐竹は無言のまま顔を合わせていた。ふたりとも巨軀のため、堂本や滝井たちから頭ひとつ飛び出している。そのふたりの目は遠方を眺めるような目差《まなざ》しで、気負いも殺気もなく、悠然と立っているように見えた。

「さっそくだが、堂本、返事を聞かせてもらおうか」

滝井が嗤いを消して言った。

「その前に、滝井さま、昨夜、柳原町にある彦江藩中屋敷で起こったことはご存じで」

堂本が細い目を滝井にむけた。

「知らぬな」

「そうですか。なら、お伝えいたしますが、堂本座《うち》の菊之丞がその屋敷に監禁されてましてね。まァ、奥女中の役者買いに似たようなものなのでしょうが、堂本座にとっちゃァ売れっ子ですからな。何とか助けだしましたよ」

堂本はそこで話を切り、周囲に目をやった。

陽が沈み、空には茜色の明りが残っていたが、境内は暮色につつまれはじめていた。逢魔《おうまが》時《とき》とか雀色時《すずめいろとき》とか呼ばれる時刻である。

それで、どうした、と先を促すように、滝井が言った。

「驚いたことに、その屋敷に長瀬道場の者がおりましてね。……たしか、そこにおいでの佐竹さまは長瀬道場に逗留《とうりゅう》されてましたな。それに、両国の小屋に押し入り、菊之丞をさらった一味にも佐竹さまはいたようですが……」

堂本は佐竹に視線を投げた。

だが、佐竹はまるで頓着ないように鼻先でかすかに嗤っただけだった。

「どうやら、佐竹さまと長瀬道場の者たちで、菊之丞をさらったようでございましてね。……金を出して頼んだのが米問屋の益田屋とみております」

「堂本、米屋が芸人を大名屋敷へ連れこんだというのか」

「はい」

「何のために」

「菊之丞は彦江藩のお殿さまの母君であられる蓮照院さまを釣る餌でございますよ。もっとも、これが初めてのことじゃァございませんようで、四年前森田座の市村新次郎てえ、役者も餌としてあてがわれ、哀れにも年増女《としまおんな》にしゃぶられちまったようですがね。大名の奥方とはいえ、色欲の方は人並み以上のようですな」

堂本は怯《おび》えたような顔をして首をひっこめて見せた。

「堂本、彦江藩の中屋敷の話などおれとかかわりはあるまい」

滝井はすこし苛立《いらだ》ったように言った。

「いえいえ、そうはいきませんよ。ここにこうして佐竹さまを同行しておられるし、滝井さまの金蔓も益田屋でございましょう。……あっしら、堂本座を手先にしようってえのも、益田屋の思惑からでしょう」

堂本の細い目が刺すように滝井を見つめていた。

「米屋に芸人など必要あるまい」

「いえいえ、益田屋さんにとっちゃァ、あっしら堂本座はお上より頼りになるかもしれませんよ。こう世の中が不景気で殺伐としてくると、怖いのは打ち壊しだが、真っ先に狙われるのは、益田屋さんのような大店の米屋でしょうからな」

「それで……」

「益田屋さんは、あっしらのような下層の者を手先に使えれば、打ち壊しの矛先《ほこさき》を別の店にむけることができると踏んだんでしょう。それに、米についての噂を流し、値段をあやつることもできますしね」

「さすがだな。よく探り出したとほめてやるぜ。だが、おれが聞きてえのは、おれの言い分を飲むか、それとも、五人の芸人が小塚原《こづかっぱら》の晒台に首を並べるかだ。堂本、どっちにするつもりだい」

滝井は恫喝するように声を荒げた。

堂本は上空を見上げたまま、そろそろ頃合か、とつぶやくとあらためて滝井の方に目をやった。

すでに、上空の残照は蒼い夜の色に変わり、黒々とした葉叢《はむら》から月光が射していた。

堂本ははぐらかすようなもの言いで、上空を見上げた。

「そうですなァ……」

5

滝井の恵比寿顔に怒りの色がはしった。一瞬、顔が紅潮し目尻が攣《つ》り上がったが、滝井は感情を殺し、低い声で言った。

「そうかい。……五人の首が晒台に並んでもいいってことだな」

「いえ、五人とも小屋に押し入った賊を捕らえにいっただけですので、晒首にはなりますま

堂本は滝井を見つめたまま、静かな口調で言った。

「滝井さま、やはり、堂本座はいままでと変わらずにやっていこうと思っております」

堂本が柳原町の中屋敷のことを持ち出して、長々と喋っていたのには訳があった。境内が夜の帳《とばり》につつまれるのを待っていたのである。

い」

　堂本は確信するような口調で言った。

「やけに強気だな。そうか、中屋敷から菊之丞を連れ出せたので、大番屋からも助け出せると踏んだか」

「滅相もございません。大番屋を破るなど、お上に弓を引くような真似ができるはずはございませんでしょう」

「それじゃァ、どうするつもりだい」

　また、滝井の顔に怒色がはしった。

「二、三日のうちに、五人は返していただきますよ。滝井さまの、ご配慮で」

「なんだと！」

　滝井が声を大きくした。その顔は憤怒で紅潮している。

「滝井さま、少々、堂本座をみくびっておられますようで。もし、五人の首が小塚原に並ぶようなことになれば、三日以内に滝井さまの首を日本橋に晒して見せますよ」

　顔はおだやかだったが、滝井を見つめた堂本の目は背筋を凍らせるようなひかりを宿していた。

「……堂本、南町《みなみまち》奉行所とやり合うつもりか」

「とんでもございません。お上にたてついて、芸人が江戸の町でやっていけるはずはございませんでしょう。わたしらは、滝井さま、おひとりを相手にしているだけでございますよ」

堂本は滝井の背後に南町奉行の鳥居もいなければ、他の同心、与力もいないことを知ったからこそ、五人を助けられると踏んだのだ。

「な、なに……!」

滝井の紅潮した顔がこわばった。

「それに、かえって滝井さまも困るんじゃァありませんか、ことが露見して益田屋から多額の賄賂《まいない》を受けていることが、お奉行さまに知れたら」

「こ、こやつ!」

激怒で、滝井のこわばった顔が悪鬼のようにどす黒く染まった。

そのとき、ふたりのやりとりを黙って聞いていた佐竹が、ぐいと前に出て、

「滝井どの、そこにいる首屋を斬れば、そやつも高慢な口をきけなくなろう」

と、見下ろすような目で堂本を見ながら言った。

佐竹は懐手をしたままだったが、宗五郎を見つめる鳶色《とびいろ》の目が刺すようなひかりを帯び、その巨軀に気勢が満ちてきていた。

「……そうよな。堂本が大口をたたけるのも、首屋と居合抜きがいるからだったな」

そう言うと、滝井は佐竹が刀を揮えるよう二、三歩退いた。

宗五郎が無言のまま進み出て、佐竹と対峙するように堂本の前に立ったときだった。

「宗五郎さん、お待ちを」

堂本は強い口調で宗五郎を制し、

「滝井さま、さきほど、堂本座を少しみくびっているようだと申しましたが、やはり、そのようで……。ごらんなさい」

そう言うと、堂本は指をくわえ、ホウ、ホウと梟《ふくろう》でも鳴くような音を出した。

と、本堂をかこった杉や松の樹間からザワザワと音がし、大地が揺れるような気配がした。

見ると、闇のなかで無数の黒い塊《かたまり》が動いている。まるで、闇に覆われた地表がふくれ上がったようである。

それは人影であった。それも十や二十の数ではない。いつ集まったのか、まわり中から、二重、三重に押し寄せてくる人の波なのである。何百、あるいは、千を超える人数かもしれない。境内をかこった闇が動き、八方から押し包んでくるような圧倒的な人の数である。

「こ、これは！」

滝井と万造が凍りついたように動きをとめた。

佐竹ですら、絶句し顔色を変えていた。

「江戸の闇の中から湧き出してきた者たちですよ。衆の力をみくびっちゃァいけませんぜ」

堂本の声には臓腑を抉るような凄味があった。

「む、虫けらどもが、何をする気だ……」

滝井が呻くように言った。

「虫けらも集まれば獅子をも倒します。ためしてみますかい。ひとりがひとつ足元の石を拾って投げるだけで、礫《つぶて》は雨霰《あめあられ》のように襲ってきますぜ」

堂本の語調が威圧的になった。

「…………！」

滝井と万造は恐怖に顔をひき攣《つ》らせ言葉を失っていたが、佐竹の方にすがるような顔をむけた。

「どうやら、ここはおとなしく引き下がるしかないようだな」

佐竹は二、三歩退き、その巨軀から殺気を消した。

「ど、堂本、今夜のところは引き下がるが、これで終わったと思うなよ」

滝井の声は震えていた。恐怖に変わって、卑しい芸人の言いなりになる屈辱感に襲われたらしい。

「それでは、滝井さま、二、三日のうちでございますよ」

と、堂本が念を押すように言った。

「……………！」

「五人の仲間を放免していただきます。日限が過ぎてももどらなかったら、その首が胴を離れることになりますぜ」

「……八丁堀を脅すつもりか」

「はい、五人の首が刎られるようなことになりゃァ、あっしも、堂本座を捨てなけりゃァなりません。こっちも命がけでして」

堂本の低い声には、座頭としての凄味を感じさせるひびきがあった。

「わ、分かったぜ」

滝井は屈辱と憤怒とで顔をゆがめ、吐き捨てるように言って踵を返した。

滝井たち三人が堂本たちの前を離れ、足早に山門の方へ向かうと、周囲の樹陰から数人の男が転がり出るように走り寄ってきた。

米吉、彦斎、大助、少し遅れて源水……。つづいて、周囲の闇でワアーという大喚声が起こり、突如闇が膨れあがったように大勢の人影があらわれ、堂本たちの方へ駆け集まってきた。江戸の町の底辺に棲《す》む芸人たちが、闇の中からわらわらと溢れ出、瞬く間に境内を埋め尽くしたのである。

それから三日後の夕方、捕らえられていた為蔵、長助らの五人は佐久間町の大番屋から解放された。

五人とも拷問にあったような様子もなく、少し痩せただけで思いのほか元気だった。

ただ、講釈長屋で五人から事情を聞いた堂本は、その顔から安堵《あんど》の色を消した。

堂本が急に顔をけわしくしたのは、為蔵が、

「ここ二、三日、取り調べの風向きが少し変わりやしてね。長瀬道場に行ったときのことは何も聞かねえんで。その代わり、両国の小屋で小火《ぼや》騒ぎがあったときのことばかり、根掘り葉掘り聞きゃァがるんで」

そう、喋ったときだった。

堂本は、為蔵たちに、二、三日はゆっくり養生しろ、と言っただけで、それ以上聞かなかったが、長屋を出るとき宗五郎に、また、集まってくれ、と耳打ちした。

「どうした」

「やはり、おとなしく手を引く気はないようで……。今度こそ、滝井たちは堂本座をつぶしにきますぜ」

堂本は顔を曇らせて言った。

6

籠抜けの浅次が死んでから、両国広小路の堂本座には曲独楽《きょくごま》の千鳥《ちどり》がくわわったが、曲独楽の芸に目新しいものはなく人気はいまひとつだった。

助け出された菊之丞は衰弱し、しばらく舞台には立てそうもなかった。

その日も、暮れ六ツ（午後六時）より少し早く幕を降ろし、千鳥をはじめとする芸人たちは小屋を去り、ひっそりと静まりかえっていた。

両国広小路は江戸でも有数の賑やかな通りだが、町木戸の閉まる四ツ（午後十時）を過ぎれば、人通りは途絶え、遠い大川端から夜鷹《よたか》らしい女の嬌声がかすかに耳にとどいたり犬の遠吠えが聞こえたりするだけになる。

小屋の中は森閑として深い闇につつまれていたが、人の姿はあった。

小屋の裏側、ちょうど舞台の後ろあたり。小屋をかこった筵《むしろ》の陰に宗五郎がひとり小道具を入れる木箱に黙然と腰を落としていた。

いや、もうひとりいた。大助である。大助は、宗五郎の頭上三丈ほどの組んだ丸太に跨《また》がり、筵の間から外を覗いていた。

ふたりは寝ずに小屋を見張っていたのである。

為蔵たちから大番屋での調べの様子を聞いた堂本は、滝井がこのままおとなしく堂本座から手を引くようなことはないと推測した。

「滝井は、長妙寺のことで、堂本座を手に入れることは難しいと思い知ったでしょうが、このまま手を引くとは思えません。……次は南町奉行所を動かして、堂本座をつぶしにきますよ」

元鳥越町の堂本の住居に集まった宗五郎たちに、堂本はそうきりだした。

「おれも、滝井がこのままおとなしく引き下がるとは思えんが、どんな手を打ってくると読む」

宗五郎が訊いた。

「火事ですよ。堂本座が火を出したことになれば、奉行の鳥居を動かし小屋掛けの見世物を禁止するかもしれません。そうなれば、堂本座の屋台骨が揺らぎます」

「そうか、それで、為蔵たちの吟味の矛先を変えたか」

源水が言った。

「いや、小火騒ぎの吟味だけでは済みそうもありませんな。新たに堂本座が火を出し燃え上がったらどうでしょう。すぐに奉行所は動きますよ。そして、火事場にあっしらが集まりでもしたら、芸人たちに不穏の動きがあるとの口実で、滝井は有無をいわせずあっしらをしょっ引きます。あとは滝井の思いのままで……」

堂本はそう言って顔を曇らせた。

「頭のいうとおりかもしれませんな」

しょぼしょぼした目で彦斎が言った。

「まず、小屋から火を出さぬことです。そのためには、火付けにくるやつを捕らえるしかありません」

そう言って、堂本は座した一同に視線をまわすと、ちょっと間をおいて、ご苦労だが、しばらく寝ずの番をしてもらいたいのだが、と言った。

その夜から、宗五郎、源水、大助、それに多少腕っ節の強い長屋の者が交替で小屋に張り込みはじめたのである。

小屋に近寄ってくる怪しい人影を目にとめたのは、大助だった。人影は小屋の後ろから、辺《しり》りに目を配りながら足音を忍ばせて近付いてくる。町人らしく手ぬぐいで頰っかぶりし、尻っ端折《ぱしょ》りした着物から脛《すね》が仄白く夜陰に浮き上がって見えた。男は手に何か壺《つぼ》のような物をぶら下げている。

大助は少しだけ筵《むしろ》を揺らした。だれか来る、という合図を宗五郎に送ったのである。

宗五郎はすぐに立ち、筵のつなぎ目から外の様子をうかがった。

（ひとりか……）

宗五郎は意外な気がした。

火付けは別の者にやらせるにしても、佐竹が同行するのではないかとの思いがあったのだ。

頬っかぶりした男は、人目をさけるように小屋の陰にまわった。出し物に使う木箱の積んである陰に身をひそませると、手にした壺のような物の中に付け木《つけぎ》を入れた。

壺のような物は火《ひ》もらい桶《おけ》である。焼き物でできており、中に炭火などを入れて持ち運びできるようになっている。どうやら、火打石を打つ音をさけるために持参したらしい。

男の手元がボッと明るくなり、小屋をおおった筵の裾からわずかに煙が立ち上ったときである。

大助が男の頭上から、猿のように丸太を伝い降りた。

突然、頭上から降りてきた黒い物体に、男は度肝《どぎも》を抜かれたらしく、ワッ！　という悲鳴をあげ、手にした桶をほうり出して逃げ出そうとした。その肩口の着物を、大助がすばやくつかんだ。

「逃がしゃァしねえぜ」

大助の腕力はそうとうなものだった。

男は必死に逃れようとしたが、片手でつかまれただけでその場から動けなくなっていた。

「鼠は一匹か」

宗五郎がそばに歩み寄って来ると、男は震えあがり腰からくだけるようにその場にへたりこんだ。

大助は手を離し、燻《くすぶ》りはじめた筵の火を着ていた半纏《はんてん》でたたき消した。

「おい、手ぬぐいを取って顔《つら》を見せろ」

大助が男の前にかがみこんで手ぬぐいを剝ぎとった。

二十歳前後と若いが、青白い顔をした貧相な男だった。歯の根が合わぬほど顫《ふる》えている。はだけた襟元から腹に巻いた晒《さらし》が見えた。どうやら、まっとうな仕事についている者ではないようだ。

「てめえの名は」

大助が男の襟元をつかんで訊いた。

「…………！」

男は顫えながらも、唇を引き結んでいた。口止めされているのであろう。

かんたんには口を割らないと見てとった宗五郎が、大助、すこし下がっていてくれ、と言って、尻を地面についたままの男の前に立った。

「おれは、首屋だ。ここの広小路で首を売ってるのだが、ときには他人《ひと》の首を刎ねることもある」

そう言うやいなや、宗五郎は腰をひねって抜刀した。

刃唸りがし、男が、ヒエッ！と悲鳴をあげて首をひっこめた瞬間、胸の着物が真横に裂け、露になった胸に薄く血の線がはしった。

「いまのは小手調べだ。喋らなければ、次は首を刎ねる」

宗五郎は刀身を引いて、八相に構えた。

た、助けて！と、ひき攣《つ》ったような声をあげ、男は這って、宗五郎の前から逃れようとしたが、背後から大助が万力《まんりき》のように力で両肩を押さえつけた。

「いいか、おまえが喋らなければ、高札にこの者火付けの下手人、とでも書いて両国橋の橋詰にでもおまえの首を晒すだけだ」

「………！」

男は白眼を剝き、歯を鳴らして顫えていた。

「いくぞ！」

「ま、待ってくれ！……しゃ、喋る」

「お前《めえ》の名は」

「佐吉《さきち》だ」

「だれに頼まれた」

「……万造親分に。火を付ければ、呉服屋の娘から掏《す》ったのを見逃してやるからと言われて」

「おめえ、巾着切《きんちゃくきり》か」

肩を押さえている大助が質した。

「いえ、掏ったのははじめてなんで。……う、嘘じゃねえ。おけらになっちまったんで、ついふらふらっと」

佐吉の話によると、独り者で日傭《ひよう》とりで暮らしをたてているが、小銭がたまると浅草花川《はなかわ》戸《ど》にある賭場に足を運ぶこともあるという。そこで、負けがこんで有り金残らず吸い取られた帰りに、浅草寺の境内で出来心から裕福そうな娘の財布を掏りとったところを万造の手下の下っ引きにつかまったというのだ。

「おめえ、日傭とりの前は何やってたい。その青《あお》っ白《ちろ》い体は、長年日傭とりをやってたようには見えねえぜ」

大助が訊いた。

「へい、もとは寛永寺の門前で、竹笛を売ってやしたが、あっしの吹く笛が下手なせいか、商売にならねえ日が多くて、やめちまったんで……」

竹笛売りは竹笛を使い鶯《うぐいす》や他の鳥の鳴き声をまねて客をあつめ、笛を売る大道での商いである。

「ほう、竹笛をねえ。あっしらの仲間かい……」

大助がそうつぶやいたとき、宗五郎は万造や滝井の肚裏《とり》が読めたような気がした。

かりに火付けの下手人が捕縛されたとしても、佐吉ならば、火を付けたのは仲間うちの諍《いさか》いが原因、との口書《くちが》きをとればいいのだ。吟味役側に滝井がいるのだから、なんとでも捏造《ねつぞう》できるし、吟味中の拷問で死んだと佐吉を始末することもできる。

「佐吉、おまえ、ここから逃げても、万造たちに消されるぞ」

宗五郎が断言するように言った。

万造と滝井が、火付けをしくじったと知れば、口封じのために佐吉を始末することはまちがいないと思われた。

「ど、どうすりゃァいいんで……」

佐吉はまた顫えだした。

「頭におれから話してやる、しばらく、身を隠せ」

宗五郎は佐吉をこのまま放り出して消されるのもかわいそうな気がした。

7

宗五郎と大助から経緯を聞いた堂本は、滝井の考えそうなことだ、と苦々しい顔をした。佐吉は滝井たちの陰謀をあばくときの証人になるだろうからと、堂本の住居にしばらくの間匿《かくま》うことになった。

堂本が滝井たちのたくらみを看破したため小屋の焼失はまぬがれたが、滝井たちの魔手はこれだけで終わらなかった。

翌日の夜、今度は源水とにゃご松が張り込み、別の火付け役を捕らえたのである。今度も四ツ谷に住む芸人くずれの男で、万造が脅してやらせたものだった。むろん、万造を指図しているのは滝井である。

滝井は堂本の縄張内である浅草、本所、両国をさけ、他の町の大道芸人や元芸人だった男を十手をちらつかせて脅し、小屋に火を付けさせる肚《はら》のようだ。

「これで終わりゃァしません。次々に手を打ってきますよ」

源水からことの次第を報らされた堂本は、集まった宗五郎たちを前にしてめずらしく苦渋に顔をゆがめていた。

滝井たちのやり方は狡猾で執拗《しつよう》だった。

「そのうち、日中も仕掛けてくるかもしれません。客にでも化けて小屋に入り、火を付けられたら、それこそ収拾がつかなくなります。死人でもでたら、あっしらそろって打首、獄門ですぜ」

堂本の苦渋が強い怒りに変わったらしく、温和な顔が紅潮してどす黒く見えた。

「それに、小屋を見張るのも限度がある」

宗五郎も憤怒の色を浮かべていた。

「こうなったら、滝井と万造を始末するよりほか手はありませんな……」

膝先の畳に落とした堂本の目が、行灯の灯を映して熾火《おきび》のようにひかっていた。その顔貌には、多くの大道芸人を率いる座頭らしい迫力と凄味があった。

「だが、相手は与力だぞ」

源水が言った。

「与力でも奉行でも、だれがやったか分からなけりゃァ、どうにもなりません」

堂本は低い声で言った。

それから三日後の夕方、豆蔵長屋の宗五郎の家に頭からかぶった手ぬぐいの端を口にくわえ、黒木綿の小袖姿の初江が顔を出した。手に丸めた茣蓙《ござ》を抱えている。どこから見ても夜鷹の身装《みなり》である。

家の中には、宗五郎と小雪、それに美里がいた。

美里は豆蔵長屋の他の部屋で寝泊まりしていたが、佐竹を討つ気持は変わらないらしく、払暁に起きて土手でひとり木刀を振り、日中は八右衛門とふたりで、長妙寺いらい行方をくらました佐竹を探しに江戸の町へ出ていた。

今夜、美里が宗五郎の家にいるのはわけがあった。宗五郎が出かけた後、小雪がひとりになるので来てもらったのだ。

「旦那、そろそろ支度をしてくださいな」

初江が上がり框《がまち》に三人並んで顔を出した宗五郎に声をかけた。

「そろそろ刻限か、待っておれ」

そう言い置いて、宗五郎は奥の寝間に使っている座敷へもどると、何やらごそごそやっていたが、身装《みなり》を変えてもどってきた。

半纏《はんてん》に股引姿で、手ぬぐいで頬っかむりしている。大工か左官屋といった格好だが、頭の手ぬぐいは総髪を隠すためにかぶったらしい。

「どうだ、大工に見えるか」

宗五郎は手にした刀を初江に手渡しながら言った。

その刀を手早く菰蓙に丸め込むと、初江は一瞬笑い泣きするように顔をくしゃくしゃにし、まるで、大狸《おおだぬき》みたいだよ、と言ってから、急に顔を緊張でこわばらせた。これから、源水たちと一緒に滝井と万造を始末しに行くことになっていたのだ。

奉行の後ろ盾はないとはいえ、相手は与力です、どんなことがあっても、町方につかまれてはなりません、という堂本の強い指示を受け、宗五郎たちは変装して出かけることになっていた。

初江は大工に化けた宗五郎と源水の刀を持つ役で、夜分出歩いても見咎められない夜鷹に変装したのである。

事情を知らない小雪は、小屋の見張りに出かけるという宗五郎の言葉を真にうけて、ふたりの身装《みなり》に声をたてて笑い、

「父上、今夜は美里さまといっしょに寝ます」

と言って、かたわらに立っている美里の手を嬉しそうに握っていた。

宗五郎は、美里どのは母上ではないぞ、とたしなめるように言って、初江と連れ立って家

を出た。

木戸のところで、源水と大助が待っていた。

源水は宗五郎と同じような身装だが、源水の方は手ぬぐいで頬っかぶりし、印半纏《しるしばんてん》に黒の細い股引姿で船頭に身を変えている。

源水は持っていた刀を初江に手渡しながら、

「四人そろっては行けまい。柳橋の渡し場で落ち合おう」

そう言うと、大助と前後して先に木戸をくぐった。

滝井と万造を張っていた芸人のひとりが、ふたりが柳橋の浜鳥に入ったと堂本のもとへ報《し》らせてきたのは、半刻《はんとき》（一時間）ほど前だった。

まだ、暮れ六ツになったばかりだったので、おそらく、二刻ほどは居るだろうと堂本は踏んだが、すぐに四人に報《し》らせを走らせ、手筈どおり桟橋に舫《もや》ってある猪牙舟から浜鳥を見張ることになったのである。

浜鳥のちかくに堂本の懇意にしている島甚《しまじん》という船宿があった。その島甚の猪牙舟を、宗五郎たちは一艘借りることになっていた。

宗五郎たちが、島甚のちかくまで行くと、見張っていたらしい英助が柳の樹陰から駆け寄って来た。

「滝井に万造、少し遅れて益田屋が入りやした。それから、駕籠でひとり武士が乗りつけやしたが、滝井たちの仲間かどうかは、あっしには分かりません」

「顔は見たか」

何よりも佐竹の所在が気がかりだった。滝井たちが佐竹を同道しているとなると、ふたりを討ちとるのは難しくなるし、下手をすれば返り討ちということもある。

「いえ、ただ、菊小紋《きくこもん》の上物の袴をはいてやした」

「…………」

宗五郎は佐竹ではない、と直感した。

彦江藩の小栗の手の者かもしれないと思ったが、今夜のところは滝井と万造の始末だけが目的だった。

「よし、あとはこっちでやる。町方の者に見咎められぬよう長屋にもどってくれ」

「へい、それじゃァお気をつけて」

英助はすぐにその場を離れた。

宗五郎たちは川床に立てた丸太に板を渡しただけの桟橋を渡り、舫い杭に繋がっている猪牙舟に乗り込んだ。

柳の樹陰になっている舟に乗ったので、四人の姿は濃い闇につつまれその輪郭さえも見定められなかった。

ただ、浜鳥の玄関先に掛かっている掛行灯《かけあんどん》の明りで、店に出入りする者の姿は舟から見ることができた。

夜四ツ（午後十時）をすぎ、町木戸を守る番太《ばんた》の打つ拍子木の音がときおり耳にとどくころになって、羽織袴姿の武士が女将らしい妖艶な女におくられて浜鳥の玄関先にあらわれた。英助の言っていた駕籠で乗りつけた武士らしいが、残念ながら頬隠《ほおかく》し頭巾《ずきん》をかぶっていて顔が見えない。

その武士に続いてあらわれた巨軀の男を見て、宗五郎の体に緊張がはしった。

（佐竹だ！）

遠目にも、佐竹の魁偉《かいい》な体軀と獰猛な獣のような顔貌《かお》を見誤るようなことはなかった。おそらく、滝井や万造の来る前に浜鳥に入っていて、見張り役だった英助たちの目には触れなかったのであろう。

「宗五郎さん、どうします」

小声で源水が訊いた。

「今夜の狙いは、滝井と万造だけだ。佐竹を討つ機会はまだある」

宗五郎は今夜のところは佐竹を見逃すつもりだった。

浜鳥の玄関先で、武士と佐竹は並んで立っていたが、すぐに駕籠があらわれ、武士が乗りこむと、佐竹は女将らしい女から提灯を受け取り、駕籠の脇について歩きだした。どうやら、佐竹は武士の護衛役らしかった。

「大助、あの駕籠を尾けてくれぬか。行き先が知りたい」

宗五郎は舟梁《ふなばり》に腰を落としている大助に頼んだ。

へい、と返事し、ひょいと桟橋に飛び移った大助の背に、知りたいのは行き先だけだ、けっして近寄るな、と言い添えた。

佐竹の持つ提灯が、一町ほども遠ざかったとき、また、浜鳥の玄関先で女の声がし、滝井と万造が姿をあらわした。

ふたりは神田川沿いの道を大川にむかって歩きだした。

8

「初江は舟が漕げるか」

宗五郎は腰に刀を差して立ち上がった。

「猪牙《ちょき》舟ぐらい、あたしだって漕げるさ」

「おそらく、ふたりは川沿いの道を通る。あの提灯を追って尾いて来てくれ」

船頭役として大助を連れて来たのだが、いまは初江に頼むよりなかった。

「宗五郎さん、源水さん、気をつけておくれよ」

櫓《ろ》を取った初江は顔をこわばらせて、ふたりの背に声をかけた。

宗五郎はうなずいただけで、舟から桟橋に飛び移り、通りにつづく石段を駆けあがった。

源水も後ろにつづく。

先にたった万造の持つ提灯の明りが、半町ほど前方に見えた。ふたりは柳橋を渡り、両国広小路を通って薬研堀《やげんぼり》の方に歩いていく。

「八丁堀の役宅へもどる気か」

源水が言った。

しばらく大川端の道を下流に向かって歩き、薬研堀あたりから日本橋方面へ通じる道をとり、江戸橋か日本橋を渡れば八丁堀へとつづく。

「できれば、大川端で始末したいが」

宗五郎たちは滝井と万造の斬殺を秘匿したかった。ただ、殺しの現場を目撃されないだけでなく、ふたりの死体もだれにも見られず始末してしまいたかった。そのために、死体を大川の下流まで運び、江戸湾の海底に沈めるつもりでいた。猪牙舟を借りたのは、死体を運ぶためでもある。

振り返ると、両国橋をくぐった初江の漕ぐ舟が川岸ちかくを滑るように下ってくる。その舟影が蒼《あお》い月光を映した川面に浮かび上がったように見えた。

「薬研堀を過ぎたところで、襲おう」

宗五郎は後ろを振り返って小声で源水に伝えた。

薬研堀にかかる元柳橋《もとやなぎばし》を渡ったあたりで、日本橋方面への道をとるはずである。そこから先は武家屋敷や町屋がつづき、襲撃できるような場所はなくなる。

「いくぞ」

宗五郎は足を早めた。

滝井と万造は元柳橋を渡りはじめていた。

橋を渡ると、大川に沿った道は町屋から大名の下屋敷などがつづく通りに変わる。宗五郎は武家屋敷の築地塀《ついじべい》のつづく通りで襲うつもりで、滝井たちとの間をつめた。

土塀の内側に鬱蒼とした樹木の茂る通りは、闇に沈んだようにひっそりと静まりかえっていた。その闇のなかに、万造の持つ提灯がぽつんと点っているだけで他の人影はなかった。

ふいに、提灯がとまり、人影が振り返った。汀《みぎわ》に打ち寄せる波の音に消されていた宗五郎たちの足音が、滝井の耳にとどいたようだ。

「だれだ……」

滝井が誰何した。

葉叢《はむら》から洩れる月光に浮き上がった宗五郎と源水の姿は、大工か船頭に見えたはずである。滝井の声には詰《なじ》るような響きがあった。

宗五郎は抜刀し、無言のまま駆け寄った。源水も柄に手を添え、抜刀の体勢のまますぐ後につづく。ふたりの足音が築地塀に撥ね返り、葉叢から射しこんだ月光に、宗五郎の手にした刀身が銀蛇のようにひかった。

「てめえら、お上の者だぞ！」

万造が十手を突き出し、威嚇《いかく》するような声をあげた。

「万造！　首屋だ！」

滝井が叫んだ。

やろう！　叫びざま、万造が手にした提灯を宗五郎に向かって投げた。咄嗟に、宗五郎が左手で払った提灯が地面に落ち、ボッと燃え上がった。走り寄る黒い巨獣のような宗五郎の姿が、炎のなかにくっきりと浮かび上がる。

「おのれ！　素牢人の分際で！」

滝井の恵比寿顔が夜叉のように豹変した。

土塀の方へ後じさりながら滝井は抜刀し、青眼に構えた。

宗五郎は下段に構えたまま、一気に滝井との斬撃の間に踏みこんだ。敵の仕掛けを誘う牽制も、気攻《きぜ》めで構えをくずすこともない。怒濤《どとう》のような激しい寄り身だった。この激烈な寄り身に圧倒され、滝井の腰が浮き剣尖《けんせん》が死んだ。

イヤアアッ！

裂帛《れっぱく》の気合とともに下段から滝井の刀身を撥ね上げ、その体がのけぞるように伸びたところを胴を薙ぎ払った。

凄まじい斬撃だった。滝井の体が両断され、丸太を二つにしたように上体と下肢とが斬り離され音をたてて地面に落ちた。

両断された胴から臓腑が地面に溢れ出、転がった首の喉仏がビクビクと痙攣《けいれん》したが、すぐに動かなくなった。

一方、源水も宗五郎の後を走り、万造に迫っていた。万造は大川の汀の方へ十手を構えたまま後じさった。

十手の先が震え、顔は恐怖でひき攣《つ》っている。

源水は抜きつけの間に踏み込むと、足をとめ腰を深くしずめた。全身に気勢がみなぎり、抜刀の気魄《きはく》が万造を威圧した。

「た、助けて……」

悲鳴をあげ、万造が岸沿いに逃れようと身を反転させた瞬間だった。

シャッ、と鋭い鞘走る音がし、源水の刀身が一閃した。抜きつけの一刀が後ろを向いた万造のぼんのくぼを鋭く抉《えぐ》った。次の一瞬、身をのけ反らせた万造の首筋から血が噴きあがった。

咄嗟《とっさ》に首筋を押さえた万造はたたらを踏むように歩み、つんのめるように前に倒れた。地に伏し、身をよじりながら首筋を押さえた万造の指間から血が噴出し、シュルシュルと夜陰にひびく。


宗五郎は源水が万造を仕留めたのを見ると、すぐに川端に駆け寄り、手招きして初江の乗る猪牙舟をちかくの岸辺に漕ぎ寄せさせた。

「初江、まず、その茣蓙と縄を放ってくれ」

宗五郎は舳先《へさき》を勾配のゆるやかな石垣へ付けさせ、舟底にあった縄と茣蓙を受け取ると死体の転がっている場所にもどった。

「あいかわらず、凄まじい太刀筋だな」

両断された滝井の死体に目を落とし、源水はあきれたような顔をした。

「首を刎ねればよかったか。……後の始末が面倒だ」

言いながら宗五郎は、ふたつになった滝井の死体を茣蓙で巻き縄で縛った。

「万造の方は、舟まで引きずってくれ」

「よし。……だが、石でも抱かさねば死骸《むくろ》は浮くぞ」

「そうしよう」

ふたりは舟に滝井と万造の死体を乗せると、初江に舟を出させた。

おれが舟を漕ごう、そう言って艫《とも》で櫓《ろ》を取った源水は舳先を川下へむけた。滝井と万造の死体を積んだ猪牙舟は、大川の川面を矢のような早さで下って行く。

第七章　敵討ち

1

　生駒大助が、浜鳥から佐竹に護衛され駕籠で出た武士の正体をつかんできたのは、宗五郎たちが大川端で滝井と万造を始末した三日後だった。

　その夜、駕籠を尾行した大助は本郷にある彦江藩の下屋敷へ入るのを確認しただけで帰ったが、翌朝から大道芸人たちが屋敷へ出入りする商人や渡り中間などにあたり、博奕《ばくち》好きの与蔵《よぞう》という中間がその夜、裏門を開け駕籠を屋敷内に入れたことをつきとめてきた。

　そして、大助が与蔵に会い、酒を飲ませて駕籠の主が小栗十左衛門であることを聞きだしたのである。しかも、小栗はこのところ頻繁に佐竹をともなって密かに屋敷を出るという。行き先は、浜鳥と柳原町の中屋敷らしいとのことだった。

　どうやら、与蔵に金を握らせ深夜に裏門を開閉させたり益田屋との連絡などに使っていたらしい。

大助から話を聞いた宗五郎は、小栗が中屋敷に足を運んで蓮照院を慰撫するとともに益田屋と会って今後の策を講じているのであろうと推測した。

それに、佐竹だが、小栗の護衛役として下屋敷へも出入りしているところをみると、刺客として金で買われたのではないらしかった。あらためて相応の禄高で召し抱える、との約定が小栗とのあいだで交わされたのかもしれない。おそらく、佐竹を江戸に呼んだのも、小栗であろう。

それにしても佐竹の行動は大胆である。下屋敷には高山の下で隠密に動いていた戸倉がいる。すでに、戸倉の存在は気付いていようし、いかに深夜の出入りとはいえ、鉢合わせでもすれば御目付を殺した下手人として捕らえられるおそれはあるはずだ。あるいは、すでに下屋敷は小栗の息のかかった者でかためているのであろうか……。

(ともかく、いっときも早く、決着をつけねばなるまい)

と、宗五郎は思った。

佐竹が彦江藩に復帰するために、戸倉と美里は邪魔な存在のはずだった。はやいうちに始末したいと佐竹は思っているにちがいない。時が経てば経つほど、戸倉と美里が佐竹の剛剣の餌食《えじき》となる可能性が強くなる。

その朝も美里は、豆蔵長屋に近い掘割の土手で木刀を振っていた。板塀の陰から宗五郎が見ていると、美里は敵の腹部あたりに剣尖《けんせん》をつける低い中段に構え、ヤッ！　という短い気合を発して、真っ直ぐ踏み込み、敵の腹部を狙って突いていた。

何度も何度も、同じ突きをくりかえしている。

……美里どの、もし、佐竹を倒す一縷《いちる》の望みがあるとすれば、正面から踏み込んだ突きでござろう。

そう助言した宗五郎の言葉どおり、突きだけに専念しているのだ。

佐竹の骨喰みの剣は、受けたり躱《かわ》したりしても破れない、と宗五郎はみていた。唯一、美里の切っ先が佐竹にとどく可能性があるとすれば、己の身を捨て、八相に構えた佐竹の正面から踏み込んで腹を突く、それしかあるまいと思っていた。

宗五郎は美里のくりかえす突きの動きを見ながら、

(だが、その切っ先がとどくかどうかだ……)

おそらく、相打ちにもなるまいと思った。

女とは思えないほど、美里の踏み込みも迅《はや》く突きも鋭かった。しかも、すでに身を捨てる覚悟はできているとみえ、眦《まなじり》を決したその面《おも》貌《て》には悽愴の気があり、細い体には鋭い気魄がみなぎっていた。

しかし、それでも佐竹にはかなうまいと思われた。それほどの剛剣だった。佐竹の骨喰みの剣には、捨て身とはいえ女の細腕など寄せつけない圧倒的な強さがあった。

宗五郎の脳裏に、妻の鶴江に似た美里の細い体が肩口から截断される凄絶な光景がうかんだ。まさに、骨まで嚙み砕く野獣の剣だった。

宗五郎は美里を佐竹に斬らせたくないと思った。

(やはり、佐竹はおれが倒す……)

宗五郎は心の内でつぶやいた。

「島田さま、おいでてでしたか」

立ったまま見つめている宗五郎の姿に気付いたらしく、美里は木刀を下ろし、肩で息しながら歩み寄ってきた。

ほつれた前髪が汗の浮いた額に張り付き、頰や耳朶《じだ》が上気して朱に染まっている。乙女らしい清楚な面貌《おもて》だが、切れ長の目には死をも決意した凜然《りんぜん》としたひかりが宿っていた。

「しばらく、市中を歩くのは見合わせてくれぬか」

宗五郎は美里といっしょに長屋にもどりながら言った。

「なぜで、ございますか」

美里は怪訝な顔をした。

日中は八右衛門とふたりで、上屋敷のある外桜田や下屋敷のある本郷界隈を佐竹を探して歩いていたのだ。

「佐竹の所在はちかいうちにつかみ、敵討ちのできそうな場所へ引き出そう」

宗五郎はすでに大助たちが佐竹の所在をつかみ、ときおり尾行していることは話さなかった。

「まことでございますか」

美里の目に輝きがくわわった。

「それまで、長屋で待っていてほしい」

宗五郎は美里が市中を歩き、佐竹と鉢合わせすることを避けさせようと思ったのだ。

「分かりました。島田さまの仰せのとおりにいたします」

美里は素直に応じた。

このところの美里は宗五郎を頼るだけでなく、進んで小雪の世話をやくなど他人とは思えぬほどの親しさを見せるようになっていた。そうした女らしい一面に触れると、宗五郎の胸によからぬ思いがかすめることもあったが、それもすぐに失《う》せた。美里は男女の情など寄せ付けない切っ先のように鋭いものを、常に胸裏に秘めていたのだ。それは佐竹を討ち、父と兄の恨みを晴らすという強い一念である。

その日、朝餉を終えた宗五郎のところに、戸倉が訪ねてきた。美里のところへは寄らずに来たらしく、ひとりだった。

「おりいって、島田どのに願いの儀がござる」

戸倉は声を落として言った。

「何でござろう」

「まず、本田さまに会っていただきたいのだが」

「次席家老の本田さまか」

「はい、ぜひ島田さまのお力をお借りしたいとの仰せでございます」

戸倉は、今宵、不忍池《しのばずのいけ》ちかくの大黒屋《だいこくや》にて、お待ちしております、と言い添えた。大黒屋というのは、老舗の料理屋だった。

「うむ……」

宗五郎は躊躇《ちゅうちょ》した。彦江藩のために働く気はなかったし、いまさら次席家老の本田に会わせる顔もなかった。

「ぜひ、本田さまとお会いくだされ」

戸倉は熱心に勧めた。

「かまわぬが……」

宗五郎にも小栗と対立する一派の領袖《りょうしゅう》として、佐竹や蓮照院をどう処断するつもりなのか、本田に会って聞きたい気持はあった。

「かたじけない。……本田さまは、島田どののことも案じてござった。決して悪いようにはいたさぬはずでござる」

「……」

次席家老が、三十五石の軽輩のことを心にとめているとも思えなかったが、七年前、小出を斬って藩を出奔した男の名前ぐらいは覚えているのだろう。

ところで、と言って、戸倉は宗五郎の方に身を寄せ、

「美里どのには内密に願いたいが」

と、声を落として言った。

「なにゆえ」

宗五郎が訊いた。

戸倉は美里の住む長屋の方に目をやり、

「場合によっては、佐竹はわれの手で討たねばなりませぬ」

と苦悩の色を浮かべて言った。

2

次席家老の本田は痩身だが、眉根の濃い眼光の鋭い男だった。すでに老齢らしく、鬢《びん》にはだいぶ白いものが混じっていたが、羽織袴姿で端然と座したその姿には彦江藩の重臣らしい落ち着きと威厳があった。

大黒屋の二階座敷で宗五郎と対座した本田は、老齢とは思えぬ張りのある声で先に初対面の挨拶をしたあと、

「ご足労おかけいたした。まずは一献」

と、口元に笑みを浮かべて銚子をとった。

本田の脇に座した戸倉が、島田どのおくつろぎくだされ、と声を添えた。

「それがし、国許を出奔いたし、いまは浪々の身なれば、お気遣い無用に願いたいが」

宗五郎は杯を受けながら無愛想に言った。宗五郎の胸には、上司を斬って逐電してきたという負い目があったのだ。

「よう存じておる。当時国許はご改革の嵐で荒れていた。いろいろ事情もあったと推察いたすが……」

本田の声はおだやかだった。

「拙者、いまは彦江藩とはかかわりなき身と思ってござる」

宗五郎は重ねて言った。

「そこもとの気持、分からぬでもない。……だが、こたびはぜひともわれらに力を貸していただきたい」

本田は微笑を消し、心底を探るような目で宗五郎を見た。

「それがしに、何をせよと」

「すでに、島田どのの働き、戸倉より聞いてござれば、ちかごろのわが藩の動静、つつみ隠さず申し上げよう。……まず、何ともお恥ずかしきことだが、蓮照院さまのことでござる」

そう前置きし、本田は、蓮照院さまが中屋敷に役者などを監禁し房事に耽《ふけ》っていることなど思いもしなかったこと、また、小栗と益田屋が蓮照院さまを籠絡《ろうらく》するために、長瀬道場の無頼牢人たちを金で雇って、森田座の役者と菊之丞を誘拐したことなどをとつとつと話した。

「おそらく、蓮照院さまは空閨の寂しさゆえに小栗たちに籠絡されたのでござろうが、表沙汰にできぬわが藩の恥辱でござる」

本田は苦渋を浮かべて、額の汗をぬぐった。

「それで、蓮照院さまはどのようにご処置される」

宗五郎が訊いた。

「さればでござる。まずは、小栗たちと蓮照院さまのつながりを断つことが肝要と存念いたし、中屋敷は賊の侵入を理由に徒目付に命じ、閉門同様に外部との接触を断ってござるゆえ、いまは小栗もちかづけませぬ」

何度か駕籠で小栗が中屋敷に来たが、門は開けなかったという。

「…………」

大助たちが探ってきたことと本田の話は符合した。

「われらはことの次第を江戸におられるご家老にも申し上げ、これ以上、小栗たちの専横を放置いたさば、彦江藩の存続そのものが危うくなると結論いたし、殿にも諫言《かんげん》いたしました」

「それで、摂津守さまはどのようにおおせられた」

「たいそう驚かれ不快に思われたようだが、心優しきご気性ゆえ、ご処断のお気持までにはいたらなかったようでござる。しかし、われらは、ただ彦江藩の恥だけではすまされぬ、幕府に露見いたさばお取り潰しさえあり得ることをご進言申し上げ、強くご決意をうながしたのでござる。……その結果、殿もようやく、蓮照院さまは中屋敷にて逼塞《ひっそく》されるよう、ご英断なされた」

本田の話しぶりは淡々としたものだったが、その間本田が藩邸内で精力的に動いたことを推測させた。

「小栗は」

宗五郎が訊いた。

「小栗が益田屋と結託いたし、蓮照院さまの口添えを得て藩政を牛耳り、私利私欲のための政策をとったため藩の財政が逼迫したことは明らかだが、確たる証拠もござらぬ。それに、いまもって小栗派は財政にかかわる要職をかためており、なまなかなことでは処断できませぬ。……さらに、ちかごろはわれらの動きを察知し、巻き返しをはかって反小栗派の立場を鮮明にしていない重臣たちに金をばらまき、自陣をさらにかためようと奔走しておる始末。……藩政から小栗派を一掃するのは容易なことではござらぬ」

本田の顔が曇った。

「それで、それがしへの依頼は」

彦江藩の内情は分かったが、宗五郎にはお家騒動に首をつっこむ気持はなかった。

「まず、佐竹鵜之介を斬っていただきたい」

本田は宗五郎を直視し、毅然とした口調で言った。

「…………」

そうくるだろうと、宗五郎は予測していた。

小出門右衛門を斬ったときと同様、藩の重臣たちが必要としているのは暗殺者としてのおれの腕なのだ、七年前、真鍋主水に依頼され小出を斬ったときと変わりはない、と宗五郎は思った。

「島田どの、ちかごろ小栗は再仕官を餌に佐竹を用心棒として連れ歩き、己の身辺を守らせております」

本田の脇で聞いていた戸倉が口をはさんだ。

「そのようだな」

「しかし、われらが懸念しているのは、佐竹は護衛役だけでないということです。おいつめられた小栗は、ここにおられる本田さまやわが派の主張をお聞きくだされ、殿に諫言なされたご家老、夏木《なつき》源信《げんしん》さまのお命を狙ってくるのではないかとみております。その刺客として佐竹を使うは必定《ひつじょう》。なんとしても、高山さまの二の舞いは避けとうござる」

戸倉は訴えるような口調で言った。

ありうる、と宗五郎は思ったが、美里のことが脳裏をよぎった。

「その高山清兵衛どののご息女、美里どのが、父の敵として佐竹を狙っていることはご存じでござろうか」

宗五郎は本田に顔をむけて質した。

「承知しておる。戸倉を江戸に呼んだのも、何とか敵を討たせてやりたいとの思いがあったからでござる」

本田は、むろん、そのためだけではないが、と言って、戸倉の方へ視線を移した。そちから話せ、と目でうながした。

「拙者、美里どのに助勢いたし、佐竹を討つつもりでおりましたが、佐竹の遣う骨喰みの剣、予想を超えた剛剣でござれば、わが大東流も及ばぬと存じ、島田どののお力を借りたいと愚考いたした次第」

戸倉は苦しそうな顔をした。

「そういうことか……」

戸倉が美里の身辺にあらわれ、それとなく手助けしていた理由が分かった。高山とともに小栗追放のために身を削っていた本田の意向があったのだ。同志の死を悼み、ひそかにその娘の助勢に心をくだいていた本田の心の深さを、宗五郎は思いやった。

藩の浮沈と己の命を賭けた政争のさなかにあって、そこまでの心配りはなかなかできるものではない、藩のなかでも傑出した人物であろう、と宗五郎は思った。

「しかし、本田さま」

宗五郎はその鍾馗のような顔で、本田を見すえながらきっぱりと言った。

「それがし、美里どのの敵討ちの助勢としてならば、佐竹と立ち合ってもようござる」

もともと、佐竹は己の手で討つつもりでいたが、政争の具として玩《もてあそ》ばれるのはたくさんだと思った。

あくまでも、美里と堂本座のために佐竹を討つのである。

本田はひとつうなずくと、遠方を見るように目を細め、

「頼みいる……」

と、つぶやくような声で言った。

3

宗五郎が本田と会った五日後、長屋に戸倉が顔を見せた。戸倉はおもてに出てきた宗五郎に、小栗が今夜、佐竹を連れて浜鳥へ出かける、と伝えた。

戸倉は一丈ほどの槍をたずさえていた。そのこわばった顔には、気魄と死を覚悟したような凄絶な色があった。どうやら、宗五郎と合力して、佐竹を討つことのほかに何か密命を受けているようだ。

「おぬし、小栗を討つ気か」

宗五郎が訊いた。

この機に戸倉に与えられた密命となれば、小栗誅殺しかないと宗五郎は踏んだのだ。

「いかさま。……佐竹を討たれれば、小栗は身の危険を察知し、なりふりかまわず本田さまやご家老の命を狙ってくるだろうと思われます。そうなれば、小栗派との血で血を洗う抗争におちいる恐れがございます。藩政の改革どころか、幕府にお家騒動と見られ、藩の存続そのものがあやうくなりましょう。……佐竹斬殺の機をとらえ、小栗と益田屋を誅殺せよ、との本田さまのお指図でございます」

戸倉は小声で応えた。

「益田屋もか」

「はい」

「うむ……」

宗五郎は本田が一気に勝負に出たことを感じた。

おそらく、本田は宗五郎に佐竹斬殺を依頼したとき、小栗と益田屋も日時を置かず誅殺との考えはあったのだろうが、浜鳥で佐竹と小栗たちが密会するとの情報を得て、一気に勝負を決する覚悟をかためたにちがいない。

「このこと、摂津守さまはご存じか」

「いえ、ですが、すでに殿へ差し出す言上書が、ご家老と本田さまの連署にてできあがっております。言上書には小栗と益田屋が結託しておこなった悪政が列挙してございます。小栗と益田屋を討ったのち、ただちに殿の許に差し出され、お許しを得る手筈になっておりまする」

「事後承諾か」

「やむをえませぬ。殿の身辺には小栗派の目がひかっております。前もって、言上書を提出いたさば、お許しを得る前に小栗派が殿を懐柔し、われらが逆処分を受けぬともかぎりませぬ」

「………」

宗五郎はそれ以上訊かなかった。藩内の勢力争いがそこまでいきついたということであり、本田側に事後承諾を得られる目算があるからなのであろう。

「戸倉どの、おひとりではあるまいな」

宗五郎は美里に助勢して佐竹を討たねばならなかった。益田屋はともかく、小栗を討ったために源水や長屋の者を頼むつもりはなかった。

「徒組の者より腕に覚えの者を三名、ひそかに選んでございます」

戸倉は顔をこわばらせたまま言った。

「承知した。して、刻限と場所は」

「小栗と益田屋が浜鳥を出たあと襲うつもりでござれば、亥《い》ノ刻《こく》（午後十時）を過ぎるのではないかと……。場所は駕籠で本郷へ向かうと思われますので、神田川沿いの人目のない場所で」

駕籠で本郷へ向かうのは小栗であり、佐竹も護衛につくはずである。となれば、宗五郎と美里もその襲撃にくわわることになる。

「益田屋は」

益田屋の店は日本橋にある。益田屋だけは浜鳥から別の道を行くはずだった。

「徒組の者が二名で、益田屋を襲います」

「なるほど……」

益田屋には特別な護衛はいない。駕籠で浜鳥を出るだろうが、彦江藩の者が二名で襲えば討ちもらすことはないだろうと思われた。

「子細承知した。ころあいを見計らって、和泉橋あたりで待っていよう」

まだ、日が沈んだばかりである。亥ノ刻までには間があった。美里に準備をさせ、小雪や初江にもそれとなく事情を話さねばならなかった。

まず、宗五郎は初江に事情を話した。

「旦那、佐竹とやるつもりかい」

話を聞いた初江の顔が蒼ざめた。源水や長屋連中の口の端から佐竹が並の遣い手でないことを聞き知っていたのだ。

「美里の助太刀だ」

宗五郎には美里から事情を聞いたときから、いつか佐竹と立ち合うことになるだろうとの予感はあった。

「どうしても行くのかい……」

初江は下駄の先で土間を蹴りながら泣きだしそうな顔をした。

「おれは、かんたんには死なぬ。だが、万一ということもある」

勝負は五分五分だろうと思っていた。力量の差のない相手との真剣勝負の場合、そのときの微妙な心の動きが勝負を左右することがある。宗五郎は捨て身になりきるためにも、向後の憂いを断っておきたかったのだ。

「小雪ちゃんはどうするのさ」

初江は顔をあげて、訴えるような目で宗五郎を睨《にら》んだ。

「もしものときは、お前に頼む」

宗五郎は初江を真っ直ぐ見て静かな声でいった。余分なことを言わなかった。それだけで通じると思った。

初江は宗五郎の顔を黙って見つめていたが、ちいさくひとつうなずくと、

「行っておいで、小雪ちゃんと待っているからさ」

と落ち着いた声で言った。

顔は蒼ざめていたが、宗五郎の心の内を感じとったらしく、後のことは心配しなくていいよ、と小声で言い添えた。

小雪には、今夜は遅くなるから先に寝ていろ、とだけ言って家を出た。

すでに、五ツ半（午後九時）ちかかった。長屋の住人は寝静まり、棟割り長屋から洩れてくる灯《ひ》もなく夜の帳《とばり》のなかに沈んでいた。

長屋の中央にある井戸端のところで、美里と八右衛門が待っていた。美里は脚半に草鞋履きで、このときのために用意したらしい白装束に身をつつんでいたが、目立たぬためであろう、上に黒柿《くろかき》色の薄物を羽織っていた。

八右衛門の方は股引に手甲脚半《てっこうきゃはん》、長脇差を腰に差していた。すでに両袖を襷で絞っていたが、上から色褪《いろあ》せた羽織で隠している。

「島田さま、かたじけのうございます」

美里が蒼ざめた顔で言った。

眦《まなじり》を決したその顔には、死をも覚悟した刃先のような鋭さがあった。八右衛門も悲壮な顔で、このご恩、終生忘れませぬ、と絞りだすような声で言って深々と頭をさげた。

「参ろうか……」

この期《ご》に及んでふたりに話すことは何もなかった。宗五郎は一声かけただけでゆっくりと歩き出した。

木戸のところに、佇立している人影があった。

源水である。

「美里どのが、八右衛門どのを連れて通るのを見かけたのでな」

源水はそう言って、近寄ってきた。

源水の住む部屋と美里の寝泊まりしている部屋とは同じ棟にあった。源水はふたりの身支《みじ》度《たく》を目にとめ、敵討ちに行くことを察知したのだろう。

「源水、助太刀無用……」

宗五郎は小声で言って、ちいさく首を振った。

源水の気持はありがたかったが、佐竹の骨喰みの剣に対して源水の居合がそれほどの助勢にならぬことを宗五郎は気付いていた。

ふたりで佐竹に向かえば、佐竹は抜きつけの間に源水を踏み込ませぬよう、走りながら一気に勝負を仕かけてくるはずだ。八相から袈裟に斬りこんでくる骨喰みの剣は、敵の構えをくずしたり、剣尖を殺したりせずに、真っ向から身を寄せて斬りこむことが可能なのだ。源水が加われば、その機が早まるだけのことで、宗五郎が己の力で骨喰みの剣と対決することに変わりはなかった。

それに、宗五郎が破れれば、源水も討たれる恐れが多分にあった。そうなれば、その後の堂本座を守る者がいなくなる。

「手出しはせぬ。……だが、おれも、佐竹には借りがある。半兵衛を目の前で斬られているのでな」

そう言うと、源水は勝手に美里と八右衛門の後ろについた。

どうやら、宗五郎たちが討たれたら、かなわぬまでも佐竹に立ち向かうつもりでいるらしい。

「勝手にしろ」

これ以上話しても源水は引くまいと思われた。

4

風があった。暖かい湿り気をふくんだ風が、肌を撫でるように吹きすぎていく。三日月が、皓《しろ》い鎌《かま》の刃のようにひかっていた。ときおり、風に流された黒雲が月光を遮《さえぎ》り、通りの闇を深くする。

四人は己の影を踏みながら無言で歩いた。

宗五郎たちが和泉橋に近付くと、橋のたもとの欅《けやき》の樹陰に身を隠していた戸倉が姿を見せた。その背後にひとり藩士らしい男がいた。がっしりした体軀の双眸の鋭い若者である。

「波崎玄次郎《はざきげんじろう》にござる。よしなに」

宗五郎たちに自ら名乗って一礼した。

「他の三名の者は、浜鳥のちかくにひそみ、小栗たちの動きを知らせる手筈になっておりまする」

と戸倉が伝えた。

六人は戸倉たちがひそんでいた欅と少し離れた川端の柳の樹陰に身を隠し、報《し》らせが来るのを待った。

半時（一時間）ほどして、柳橋方面から神田川沿いの道を走ってくる人影が見えた。

「川科重兵衛《かわしなじゆうべえ》にござる。小栗たちが浜鳥を駕籠で出ました」

川科は樹陰から走り出た宗五郎たちに一礼すると、戸倉に伝えた。

小栗たちが玄関に姿をあらわしたのを確認してから、先まわりして来たという。

「なお、一足早く出た益田屋には護衛らしき者がひとりつき、小栗たちより一足早く出ましたが、篠間《ささま》たちが追っております」

「なに、益田屋に護衛がついたか」

戸倉は驚いたように声を大きくした。

「はい、おそらく、小栗家の家士ではないかと思われます。ですが、護衛がひとりなれば討てると判断し、篠間たちは予定どおり人影のないところで益田屋を襲うつもりで後を追いました」

「小栗には佐竹だけか」

戸倉が質した。

「もうひとり、やはり家士と思われる者が随行しております」

「小栗もわれらの動きを警戒しているようだな」

言いながら、戸倉は宗五郎の方を振り返った。

「こちらは七名もいるのだ。家士ひとりぐらい加わったとてものの数ではあるまい。手筈どおり、われらは佐竹を討つゆえ、そちらは小栗を仕留めればよかろう」

宗五郎が言った。

七人が物陰に身をひそめ、しばらくすると、神田川沿いの道に駕籠の先の提灯らしい灯が揺れながら近付いて来るのが見えた。

駕籠の前に小柄な男がひとりついていた。黒羽織に股だちをとった半袴、腰に大小を差していた。重心の低い、隙《すき》のない身構えである。相応の遣い手と見ていい。

佐竹は駕籠の後ろにいた。提灯の仄かな明りに、その魁偉な体が巨熊のように浮かび上がって見えた。

「美里どの、左手にまわれ」

宗五郎がささやくような声で言った。

「はい」

白蠟のように蒼ざめた美里の顔には悽愴の気があった。だが、顫《ふる》えはなかった。眦《まなじり》を決したその面貌《おもて》には、死を恐れぬ強い一念がきざまれていた。

駕籠の前に、戸倉、波崎、川科が飛び出した。

槍を持った戸倉が、すばやく小柄な武士の前に立ち、他のふたりが左右にまわりこむ。駕籠かきは恐怖の色を浮かべて、駕籠を下ろすと震えながら後じさった。

「本田の手の者か！」

小柄な武士は、抜刀の体勢をとったまま恫喝するように大声を発した。

「藩命により、小栗十左衛門さまのお命、頂戴《ちょうだい》いたす！」

戸倉はそう言い放つと、腰を落として刺撃の体勢をとった。

駕籠の後ろにいた佐竹が、ゆっくりとした足取りで戸倉の構える槍の前に歩み寄ってきた。

そのとき、宗五郎、美里、八右衛門の三人が樹陰から駆け出した。美里は羽織っていた薄物を脱ぎ捨て、襷で両袖を絞った白装束姿で脇差を手にしている。

「来おったか」

不敵な嗤いをうかべた佐竹は駕籠を守るように正面に立った。小柄な武士が駕籠をはさんで佐竹の背後にまわりこむ。

戸倉たち三人が、小柄な武士をかこむように走った。

「高山清兵衛が娘、美里！　父上と兄上の敵、佐竹鶇之介、覚悟！」

叫びざま、美里はすばやく佐竹の左手にまわった。八右衛門も羽織を脱ぎ右手に走って長脇差の切っ先をむける。

小栗の乗る駕籠をはさんで佐竹と小柄な武士が立ち、宗五郎たち六人が駕籠をとりかこむ形勢となった。ふたりの駕籠かきはすでに逃げ出し、源水は数間離れた場所からことのなりゆきを見守っていた。

「やはり、首屋を助太刀に頼んだか」

佐竹は正面に立った宗五郎に猛禽のような目をむけていた。

「おぬしとの勝負、まだ、決着がついておらぬ」

宗五郎はおよそ三間の間合をとって佐竹と対峙した。

切っ先を敵の趾《あしゅび》につける下段から、ゆっくりと刀身を上げた。宗五郎の鍾馗のような顔にうすく朱が掃き、全身に気勢がみなぎってくる。

「金剛の構えか」

佐竹の口元に薄嗤いが浮いた。

抜刀された佐竹の身幅の広い剛刀が、半弧を描きながら八相へ。さらに、刀身を背後に倒して担ぐように構え、わずかに腰を沈める。

骨喰みの剣の構えである。巨岩のようなどっしりとした構えで、そのまま押し潰すような迫力がある。

(佐竹の剛剣は、おれの剣も喰む……)

宗五郎は金剛の構えから袈裟に斬りこんでくる佐竹の刀身を弾き上げても、頭上で十文字に受けても防ぎきれない、と承知していた。

美里は突きの体勢のまま一撃必殺の気魄《きはく》をこめて息をつめているが、激しい緊張に体がかたくなり腰が浮いていた。八右衛門は青眼に構え目をひき攣《つ》らせているが、その切っ先は笑うように震えている。ふたりに期待することはできなかった。

（やはり、おれの首をくれてやるしか、勝機はないようだ）

宗五郎は金剛の構えからほぼ水平に刀身を倒し、切っ先を引いて脇構《わきがま》えにとると、腰を沈めて、ぐいと首を前に突き出した。

晒台はないが、首屋として大道に出ているときの体勢をとったのである。

「佐竹！　みごと、おれの首を刎ねてみよ！」

宗五郎は大喝するように叫んだ。

佐竹の袈裟がけの太刀を受けようとせず、切っ先一寸の見切りではずし、脇構えから逆袈裟に斬り上げるよりほかに骨喰みの剣を破る方法はない、と宗五郎は覚悟を決めた。

だが、大道で素人や未熟者を相手にするのとはわけがちがう。佐竹のような遣い手を相手に己の首を敵の白刃の下に晒し、一瞬の差で身を引き、その切っ先から逃れるのはまさに至難の業《わざ》といっていい。

寸毫《すんごう》の狂いもない間《ま》積《づも》りと鋭い斬撃から身をかわす迅《はや》さが要求される。そのためには己の身を捨て気を集中させねばならない。宗五郎は刀を引き、首を敵刃に晒すことで己を無我の境地におこうとした。

己の身を捨て、敵の太刀を紙一重の差で見切る、これこそが後《ご》の先《せん》の太刀を重んじる真抜流の神髄でもある。

「オオッ！　そっ首、刎ねてくれるわ」

佐竹は、グイと間合をつめた。

が、礑《はた》と、佐竹は八相に構えたまま斬撃の間の手前で動きをとめた。

宗五郎の首を突き出した身構えから殺気が消えていた。路傍の石仏のように、ただつっ立っているだけに見えた。それが、佐竹の闘気を殺《そ》ぎ、警戒心を生んだのだ。

イヤアアッ！

佐竹は獣の咆哮《ほうこう》のような気合を発し、全身から凄まじい殺気を放射した。宗五郎の無念無想の境地を破ろうとしたのだ。

だが、宗五郎は動じなかった。

数瞬、凄まじい気の攻防がつづいたが、ふたりとも塑像のように動かなかった。

雲間から月があらわれ、両者の巨軀が浮かびあがったとき、突如、張りつめていた剣気の磁場が裂けた。

ふいに、宗五郎の目の前の闇が膨れあがり、佐竹の樺茶の両袖が大鷲の翼のように揺れた。獲物を狙って襲いかかるように、佐竹が眼前に迫った。鋭い爪で鷲摑《わしづか》みにするような凄まじい威圧と殺気だった。

だが、宗五郎は身動《みじろ》ぎしなかった。

その面貌《おもて》は、石仏のように表情を消したままである。

キエエイッ！

劈《つんざ》くような無念流の甲声を発し、佐竹が踏み込みざま剛刀を一閃させた。

刹那《せつな》、宗五郎は上体を背後に倒しざま、掬うように逆袈裟に斬りあげた。二筋の銀光が闇を裂き、宗五郎の胸のあたりを太刀風が掃いた。

一瞬一合の勝負だった。

逆袈裟に斬りあげた宗五郎の手に、骨肉を截断した重い手応えがあり、佐竹の刀をつかんだ右腕が丸太のように虚空に飛んだ。

同時に、宗五郎の胸の着物が横一文字に裂け、あらわになった胸に血の線が走った。

グオオッ！

歯を剝き、佐竹が吠え声をあげた。

大きく身をのけぞらせた佐竹は、右腕の切り口から流れ出る血を撒きながら小刀を抜くと、その巨軀をあずけるように突いてきた。

宗五郎はすばやく刀身を返して受け流した。

たたらを踏むように佐竹の巨軀が前に泳ぐ。

「いまだ、突け！」

宗五郎の叫び声に、美里が弾かれたように佐竹の懐に飛び込んだ。

美里の脇差は佐竹の左脇腹に深く刺さり、佐竹は獣の咆哮《ほうこう》のような呻き声をあげたが、この小娘が！　と叫ぶなり、左の肩口で美里をつきとばそうとした。

そこへ、ヤアッ！　と声をあげて、八右衛門がたたきつけるような一太刀を後頭部にあびせた。佐竹の元結《もとゆい》が切れ、着物の背が縦に大きく裂け、肩口に白い骨が見えた。八右衛門の切っ先は、佐竹の首筋から脇腹にかけてななめに斬り裂いたらしく、ざんばら髪になった佐竹の首根から血が噴出し、驟雨《しゅうう》のように散った。

「おのれい！　下郎……」

振り返った佐竹は、まさに、悪鬼《あっき》のごとき形相だった。全身血達磨《ちだるま》で、髪を振り乱し歯を剝きだしている。

巨軀をゆらし、八右衛門の方へ歩み寄ろうとする佐竹の懐へ、また美里が飛び込んで脇腹を突く。

佐竹は美里の肩口を左手で抱きながらグワッと喉を鳴らすと、膝をつき腰から崩れるように倒れた。

どうと、巨木が倒れたような地響きがした。

佐竹が倒れたあとも、美里は虚空に目をとめたまま、ハア、ハアと荒い息を吐き、血濡《ちぬ》れた脇差を激しく震わせていた。その目はひき攣《つ》り、白装束は花びらを散らしたように真っ赤に染まっている。

5

宗五郎と佐竹が対峙していたとき、戸倉たち三人と小柄な武士がむきあっていた。

「大東流、槍術、戸倉真三郎。うぬの名は」

戸倉は穂先を武士の胸元につけたまま、誰何した。

「無念流、山村孫八《やまむらまごはち》」

そう応えると、山村は敵の左眼に切っ先をつける青眼に構えた。

長瀬や佐竹と同じ無念流だが八相にとらなかった。正面の槍に対応して八相に構えると、左右の脇が空《あ》くからである。

しかも、切っ先をちいさく上下させていた。敵の攻撃に対しすばやく変化するためで、三方の敵に対応した構えといえる。

「いざ、参る！」

戸倉はいいざま、刺撃の体勢をとった。

オオッ、と応じた山村はわずかに間をつめ、戸倉の構える槍の穂先に切っ先を寄せた。腰が据わり、どっしりとした身構えである。

戸倉は全身に激しい気勢をみなぎらせ、裂帛の気合を発すると、山村の腹に鋭い突きをくりだした。

山村はその穂先を刀身で押さえながら、グイと前に出た。敏捷な体《たい》さばきで戸倉の懐に飛び込もうと、長柄をたぐるように前に踏み込む。

そうはさせじと、戸倉は突き出した槍をすばやく引き、身を寄せた山村の胸部を狙って二の突きをくりだす。

トオッ！　と鋭い気合を発して、山村が突き出された槍のけら首あたりを弾き上げ、踏み込みざま戸倉の頭上に斬りこんだ。

鋭い寄り身である。

だが、戸倉も大東流の達者だった。すばやく身を引き、弾かれた槍を半回転させると、太刀打ちで、山村の刀身を横に弾いた。

刀を弾かれ、わずかに戸倉の体《たい》が泳ぐところを、左手にいた波崎が踏み込んでその脇腹を突いた。山村の上体がのけ反り、動きのとまった瞬間をとらえ、すかさず戸倉が喉を狙って槍を突きだした。

喉を串刺しにされた山村は、カッと両眼を瞠《みひら》き、大きく口を開けて何か叫ぼうとしたが、声は出なかった。

盆の窪から鋒先の突き出た槍を戸倉が引き抜くと、首筋から音をたてて黒い棒のように血が噴きあがった。山村は血を噴きながら、くずれるようにその場に倒れた。

山村が波崎に脇腹を突かれたとき、駕籠の戸が開いて、頬被《ほおかぶ》り頭巾で顔を隠した小栗が駕籠から飛び出した。

敵は多勢と見てとった小栗は、襲撃者が警護のふたりに斬り合っている隙《すき》をついて、その場から逃れようとしたのだ。

小栗は駕籠の後ろにまわり、闇のなかに飛び込むように川端の柳の陰に走り寄った。

「ここで逃がすわけにはいかぬな」

小栗の前方に立ちふさがったのは源水だった。

「そ、そこを退《の》け……」

小栗は手にした刀を抜いて源水に切っ先をむけたが、声が震え腰が引けていた。ただ、両眼は逃げ場を探すようにせわしく動いていた。

「動けば、斬る」

そう言って、源水は居合腰に沈め、抜刀の気配を全身にみなぎらせた。

「…………！」

蛇に睨まれた蛙だった。

小栗は源水の気魄にのまれ、動けなくなった。源水にむけられた切っ先が踊るように震えている。

そのとき、山村を討ちとった戸倉たち三人が走り寄った。

「小栗十左衛門！　上意により、お命頂戴つかまつる」

戸倉が小栗に穂先をむけた。

「……上意などと、たわけたことを申すな。わしを討ったことが知れれば、うぬらこそ斬罪に処せられようぞ」

小栗の体は激しく顫えていたが、両眼には憤怒の色があった。

「すでに、本田さまたちの手で、弾劾のための言上書を殿に差し出す手筈はととのってござる」

「な、なれば、その言上書に殿が目を通されたうえで、直々にご沙汰をいただこう。そこを退けい！」

小栗はだらりと切っ先を落として、そのまま前に出ようとした。

そこへ、佐竹を討った宗五郎たちが駆けつけた。

「小栗さま、父の無念、晴らさせていただきます」

美里は強い目差しで小栗を睨んだ。その白皙《はくせき》を返り血が黒く染め、白装束でつつんだ細い体が小刻みに顫えていた。

「そ、そのようなことは知らぬ……」

「この期に及んでの悪足掻《わるあが》きはみぐるしゅうございます。父の暗殺を佐竹に命じたのは小栗さまのはず、お覚悟を！」

美里の声には、凜然としたひびきがあった。

「わ、わしは、知らぬ。そこを、退け！」

小栗は腰をふらつかせながら二、三歩前に出ると、刀を振り上げて美里に斬りかかろうとした。

すかさず戸倉が間をつめ、お命頂戴つかまつる、と言いざま、槍で小栗の脇腹を突いた。

グワッ、と喉を鳴らした小栗が刺さった槍の柄を斬り落とそうと、体をひねって刀身を振り上げたところへ、美里が飛び込んだ。

美里は体ごと突き当たるように小栗に身を寄せ、その胸に深々と脇差を突き刺した。一瞬、のけ反った小栗は呻き声をあげながら、手にした刀を捨て、美里の肩につかみかかるように両腕を伸ばした。

美里がなおも手にした脇差に力をこめて突き入れると、小栗は口端に血の泡を浮かせながらくずれるように倒れ、美里の足元に仰臥《ぎようが》した。

小栗は目を剝き虚空をつかむように両腕を伸ばし、喉元から切れ切れの喘鳴《ぜんめい》をもらしていたが、すぐに両腕が落ちて体が小刻みに震えるだけになった。

かすかに上下する小栗の胸から血が溢れ出、見る見る丁子色《ちようじいろ》の小袖が赤黒く染まっていく。

「終わったな……」

宗五郎が言った。

いっとき、美里は何かに憑《つ》かれたように虚空に目をとめていたが、ふいに宗五郎の前に両膝をつくと、顔をあげ、

「……島田さま、このご恩、終生忘れませせぬ」

と言った。

その頬に、涙がつたった。

6

戸倉が豆蔵長屋に顔を見せたのは、小栗を誅殺した三日後であった。

髭の青い剃りあとを指先でなぜながら、戸倉は満面に笑みをうかべて、

「島田どの、吉報でございますぞ」

と戸口にあらわれた宗五郎に声をかけた。

「どうされた……」

宗五郎は朝餉を終えたばかりだった。茶を飲んで濡れた唇をぬぐいながら土間に降りてきた宗五郎は、あがり框《がまち》にどっかりと腰を落とすと、早朝から何事でござる、と訊いた。

「殿が、小栗の誅殺をお認めになったばかりか、本田さまたちの進言をお聞きいれくだされた」

戸倉の話では、江戸家老の夏木《なつき》と次席家老の本田のふたりで、藩主のいる中屋敷へ出向き、ことの次第を告げ、小栗の罪状を記した言上書を差し出したという。

小栗誅殺の次第を耳にした壱岐守は、不快な顔をされ、余の許しもなく小栗を斬殺したのは、出過ぎた処置であろう、となじるような口振りで言ったという。

「ですが、言上書にお目を通され、藩財政の逼迫は小栗と益田屋が結託して藩米の売買を私物化したためであり、ふたりが私腹を肥やすために蓮照院さままで利用したことをお知りになると、怒りをあらわにされ、よくぞ、討ちとった、とのお褒《ほ》めの言葉があったそうでござ

います」

戸倉は一気に喋った。

家老たちに命じられたとはいえ、藩主の承諾なしに側近の小栗を上意討ちにしたのだから、戸倉にはおおいに不安があったはずである。それが、何の咎めもなくお褒めの言葉をいただいたというので、安堵したのであろう。

「さらに、殿は、小栗派の者たちを藩政から一掃されることを約束され、以後の仕置を夏木さまと本田さまに一任するとのお言葉があったとか、これで、彦江藩も立ち直ります」

戸倉の声は弾んでいた。

「そうか……」

宗五郎には、彦江藩の将来のことはどうでもよかった。気になるのは、美里の今後である。佐竹は藩より敵討ちの許しを得ていたので問題はなかったが、藩の重職にある小栗誅殺に加わったことを咎められる恐れがあったのだ。

そのことを宗五郎が質すと、

「ご懸念は及びませぬ。本田さまよりことの次第を申し上げると、殿は、女の身でよくぞ討ったと、感心されたそうでございます。本田さまは、美里どのが落ち着かれたら、拙者に国許までお送りするようにとの仰せでございました」

戸倉はそう言うと、顎のあたりを指先でしきりに擦《こす》った。見ると、眉根の濃い意志の強そうな顔が、かすかに赤くなっている。

（こやつ、美里どのを好いておるのか……）

宗五郎はそう思ったが、

「万事、思いどおりだな。美里どのにも、早く伝えてやるがいい」

そっけなく言って、立ち上がろうとした。

慌てて戸倉は、待たれよ、島田どのにも吉報がございます、と言って、一歩近寄り、

「仕官の儀でございます」

と、顔を寄せて言った。

「仕官とは」

宗五郎が振り返った。

「島田どのでございます。本田さまは、こたびの功労により、島田どのの復帰を考えているとのことでございます。家禄も五十石ほどに加増してもよいとか」

戸倉は昂《たか》ぶった声で言った。

「ま、待て……。おれは、そのような気があって助勢したわけではない」

宗五郎の胸が高鳴った。思ってもみないことであった。

(また、武士として生きられる……!)

と、ふいに歓喜と疼《うず》くような思いが胸にこみあげてきたが、それも一瞬で暗雲のように別の思いが宗五郎の胸にひろがった。

(だが、おれは彦江藩の家臣にはもどれぬ)

いかに政争の結果とはいえ、上司である小出を斬って逐電した身である。一部の重役が藩に対する功績を認め復帰を許したとて、小出斬殺を知る多くの家臣が受け入れてくれるとは思えなかった。それに、小出家や無念流一門の者は、敵として宗五郎を狙ってくるはずである。美里が、佐竹や小栗を討ったと同じように、今度は自分が敵として討たれる立場なのだ。

「……お、おれには七年前のことがある」

宗五郎は力なく言った。

「それも、藩の行き先を憂慮しての行いゆえ、すべて不問にふすとの仰せでございましたぞ」

「いまのおれには、その気がない……」

宗五郎は肩を落として小声で応えた。

「し、しかし、島田どの、願ってもない機会かと存ずるが」

戸倉は、解せぬ、といった顔で、まじまじと宗五郎の顔を見た。

「おれは首屋が性に合っておる。武家の暮らしは懲《こ》りた」

そうは言ったが、宗五郎には、このまま江戸にいて芸人の暮らしをつづけていていいのか、という思いもあった。それに、小雪の将来も案じられる。島田家再興のことはともかく、できれば、武士の娘として相応の家に嫁がせたいのだ。

(だが、いま彦江藩にもどることはできぬ……)

宗五郎は肩を落としたまま戸倉に背をむけた。

「しかし……」

戸倉はなおも何か言いたそうな顔をしたが、宗五郎が座敷へもどりかけると、翻意されたら、お知らせくだされ、と言い置いて出ていった。

ふたたび、戸倉が宗五郎のもとに姿を見せたのは翌朝だった。美里と八右衛門もいっしょだった。三人とも旅装束である。

美里たちが国許へ帰ると聞いて、小雪と初江、それに源水たちの長屋の者も何人か戸口に集まっていた。

美里は宗五郎や初江にあらためて礼を述べたあと、

「島田さま、いつか国許でお会いしとうございます」

と、微笑をうかべて言った。

いまは、初めて両国で会って以来ずっと美里の顔をおおっていた思いつめたような表情はなく、白い頰にうっすらと朱がさし、明眸が朝日にキラキラと輝いていた。

「拙者も、再会できることを願っております」

戸倉は、仕官のことは口に出さなかったが、暗に翻意をうながすような口振りで言った。

「また、江戸に来るの……」

小雪がうつむいたまま涙声で訊いた。

「参ります、きっと」

美里は小雪の手をとると、小雪どのにも、お会いしたいもの、と言って、喉をつまらせた。

「美里どの、そろそろ参りましょうか」

戸倉が言った。

美里は心残りなのか、何度も振り返りながら、戸倉のあとについて遠ざかっていった。八右衛門も、腰をかがめ何度も頭をさげながら、美里にしたがっていく。

「いっちまったね……」

三人の姿が長屋の木戸から消えても、宗五郎と小雪と初江の三人はその場につっ立っていた。

「ああ……」

「あのふたり、いい夫婦になるんじゃないかね」

「ああ……」

宗五郎もそんな気がした。

三人の姿の消えた木戸の向こうから朝日がのぼり、裏店の屋根がまばゆい光をはねていた。見ると、宗五郎を真ん中にした三人の影が、川の字に長屋の方に伸びている。

小雪はうつむいたまま、まだべそをかいていた。その肩口に手を伸ばすと、ちいさな手で握りかえしてきた。

やわらかく、熱い手だった。

「よかったじゃないか」

初江が晴れ晴れした声で言った。

解説

菊池仁

本書『骨喰《ほねば》み　天保剣鬼伝』は一九九九年十一月に刊行された『首売り　天保剣鬼伝』の第二弾にあたる。作者・鳥羽亮はすでに渋沢念流の達人・蓮見宗二郎が活躍する「深川群狼伝」シリーズと、小宮山流居合の達人・野晒唐十郎が邪剣に挑む「鬼哭の剣」シリーズの二本の人気シリーズをかかえており、この「天保剣鬼伝」は三番目のシリーズ物となる。このことは作者がいかに優れたチャンバラ小説（ここではあえて剣豪小説とは言わず痛快時代小説という意味をこめてチャンバラ小説と呼ぶ）の書き手であるかを示している。

なぜなら、現在、確かな人物造形をベースに虚構のヒーローを次々と創造し、独特の秘剣を縦横無尽に駆使させるような筆達者なチャンバラ小説の書き手がめっきり減ってしまったからである。

　さて、そこで本書である。前述したように本書は「天保剣鬼伝」シリーズの第二弾にあたるわけだが、このシリーズは島田宗五郎シリーズでもある。つまり、主人公である島田宗五郎の人物造形にこのシリーズの命運がかかっているということである。

　その島田宗五郎の人物造形を見てみよう。宗五郎は陸奥国彦江藩《むつのくにひこえはん》で馬廻役三十五石を食《は》んでいた下級武士である。彦江藩はたびかさなる飢饉と疫病の流行のため領地は疲弊し、表高《おもてだか》は四万八千石だったが、実入りは三万石にも満たなかった。当然、財政は逼迫《ひっぱく》し、藩の執政者たちは財政立て直しと領地復興のための改革案を練った。ところがその改革案をめぐって、藩政がふたつに割れた。これが思わぬ災禍《さいか》を宗五郎にもたらすことになった。

　宗五郎は、門閥派だった郡奉行の真鍋主水《まなべもんど》に仲間にくわわるよう誘われた。宗五郎が藩内では名のとおった真抜流《しんぬき》の遣《つか》い手だったからである。じつは、その誘いは刺客として宗五郎を利用しようというものであったが、藩の行く末より労咳《ろうがい》で長く患っている妻・鶴江と三つになったばかりの娘・小雪との親子三人の当座の暮しの方が大事であった宗五郎は金のためにその役を引き受ける。御徒士頭《おかちがしら》で改革派の小出門右衛門《こいでもんえもん》を他流試合の名目で挑戦状をとどけ、呼び出して斬った宗五郎であったが、鶴江は自分の病気のため夫を凶徒にまで追いつめてしまったと思い自害。小雪ひとりを残された宗五郎は幼子を背負って逐電《ちくでん》し、江戸に出て

両国広小路で途方に暮れているところを、
「その腕を生かして、ご自分で銭を稼いでみてはどうです」
と、堂本座の座頭《ざがしら》である堂本竹蔵にすすめられる。これが宗五郎が首屋なる珍商売を始めたきっかけである。

以上が宗五郎の履歴書だが、作者はこの中に宗五郎の人物を形造っていく上での重要なポイントを刻みこんでいる。まず、第一が物語の背景に藩政改革を契機としたお家騒動がある、という点である。お家騒動が時代小説の題材として意味をもっているのは、登場人物が幕藩体制の論理と自己の人間としての論理とを対峙《たいじ》せざるをえないからである。つまり、宗五郎は〝お家大事〟という幕藩体制の論理とはまったく別の価値観、要するに家族が最優先という価値観で生きる男として描かれている。彼は逐電を選択した段階で武士でも町人でもない別な枠組の中に身を置いたのである。

第二は、物語の舞台を〝天保〟としたことだ。天保とは一八三〇年から一八四四年の間を指しているが、各地に飢饉が起こり、幕藩体制の矛盾が一気に噴出した時期でもある。物騒な世情と倹約令をはじめとする幕府の締めつけが厳しく行なわれたのはあらためて言うまでもあるまい。その象徴が〝妖怪〟といわれた鳥居耀蔵の登場である。この鳥居耀蔵の存在が巨大な影となって物語を面白くしているのである。

第三は宗五郎が子づれであることだ。小雪は宗五郎の分身であり、小雪を背負いこむことで宗五郎は、常に敵に対し大きなリスクを背負いこんでいるのである。このあたりは作者の芸の細かさである。

第四は首屋なる珍商売である。その描写を見てみよう。

《その立て札には、

――腕試《うでだめし》、気鬱晴《きうつばらし》、首代百文也《くびだいひゃくもんなり》。刀、槍、木刀、薙刀、勝手《かって》次第《しだい》、又、借用ノ者、三十文也。

と記されていた。

男はその立て札のそばに渡された高さ四尺ほどの横板の下にかがみこむと、ぬっと首だけ突き出した。幅、一尺五寸ほどの板の中央が丸く切り取ってあり、そこから首だけ出るようになっているのだ。

男が首を出すと、小雪が手早く白布の端を横板にとめて垂らし、首から下を隠してしまった。あらためて見ると、横板に首だけ載っているようである。

どうやら獄門台《ごくもんだい》の晒首《さらしくび》を真似ているらしい》

ここには読者の意表を突いた面白さがある。時代小説を読む楽しさのひとつは江戸期固有の職業に触れたり、珍奇な商売の数々を知ることでもある。作者はそういった読者サービスも忘れていない。

もうひとつ大事なことがある。それは宗五郎が下級武士の時代とはちがって自らの腕で生活費を稼ぎ出していることだ。首屋を生業《なりわい》としている宗五郎には、首屋のもつ滑稽さとともに哀愁が漂っているのはそのためだ。

第五は堂本座の存在である。『首売り』の中にその堂本座の性格を示す興味あるセリフがある。

《「不動の親分、これが堂本座の力なんで。……こいつらはひとりひとり江戸の町々を歩き得意な芸を観せて銭をもらい、物を売って、暮らしをたてているんです。こうした芸人たちには、縄張もなにもないんですよ。人のいるところが場所《しょば》なんで……。長屋の路地を歩き、町の角に立たせてもらえば、それでいいんでしてね」》

縄張荒らしを言いたてていちゃもんをつけてきた博奕打ち《ばくち》に対し、暗闇に配下を散らせ無言のプレッシャーをかけた際の堂本座座頭、堂本竹造のセリフである。洒落《しゃれ》たセリフがサラッと出るところが実にいい。

ここに登場する堂本竹造に率いられた大道芸人たちは、いわば幕藩体制の身分制度からはみだした者たちである。はみだすまでの辛酸と、はみだしてからの悲哀を引き受けることで彼らは、どんなに身をやつしても幕藩体制の論理にはない自由の魂を手に入れた。だからこそ彼らは自由の魂だけは売り渡さない。実は本書のもうひとつの物語がこれなのである。

《「それよ、おれが頼んだときにな、お前のところの芸人たちを動かしてくりりゃァそれでいいのよ」

「動かす?」

「こういうご時世だ。いちいち女の尻をおっかけて櫛簪《くしかんざし》まで改めるのはめんどうだしな。それに、食いつめ者たちが、騒ぎを起こさねえともかぎらねえ。それを探ってくれればいいのよ」

「そういうことで、ございますか」

一瞬、堂本の双眸に挑むようなひかりがくわわった。平素の好々爺のような温和な表情は拭《ぬぐ》ったように消え、数百人の芸人の元締めらしい凄味のある顔貌があらわれた。

堂本は滝井の肚裏《とり》を読み取った。

お上の犬になれ、と言っているのだ。堂本の配下の何百という大道芸人たちが、毎日江戸の町の隅々まで散らばっていく。芸を観せて銭を稼ぐだけではなく、その耳目は市井《しせい》のあらゆる情報をつかんでくる。

滝井はその情報収集力を利用するつもりなのだ。

「滝井さま、どうか、ご勘弁のほどを。……芸人は、芸を観せるだけしか能はございませんので、お上の御用など、恐れおおいことでございます」

また低頭して言ったが、堂本の声には拒絶の強いひびきがあった》

平常は自らの身分をわきまえ目立たないようにしている堂本が、権力を笠に着て自分の領域を侵犯しようとする者に対しては厳しく接する態度を見事に描いた場面である。この堂本の生き方と宗五郎の生き方は二重写しになっていて、宗五郎は堂本の作り上げたコミューンにいるのが心地良いのである。

さらにこの場面は本書の物語構成がお家騒動と、堂本座を町のスパイとして利用しようと企む奉行所と自由の魂を守ろうとする堂本座との抗争劇という二重の構造をもっていることを示している。

以上が宗五郎の人物を造形するために作者が工夫を凝《こ》らした点である。あらためて言うまでもなく、ここで指摘した点がそのまま本書の面白さとなっている。作者の凄《すご》さは第一弾『首売り』の物語の骨子にあったものを、さらに発展させ、物語を重層化の構造にすることにより、ハラハラドキドキといった読者の興味を増幅しているところである。宗五郎も小雪もより生き生きと動き回っているのも印象的である。

売り物となっているチャンバラ場面は秘剣を交えるときの〝詩〟とリアルさが混淆《こんこう》していて作者の独壇場となっている。タイトルの「骨喰み」もいい。楽しみなシリーズとなりそうだ。

——文芸評論家

この作品は書き下ろしです。原稿枚数462枚（400字詰め）。

幻冬舎文庫

●好評既刊

奈落の稼業

峰隆一郎

岩国藩士、柘植直四郎は同僚を斬り、江戸で浪人暮らし。やがて病を得た彼を妻は捨てる。人斬りとなった直四郎を待っていたのは——。浪人の修羅を描いた表題作など傑作九編。文庫オリジナル。

●好評既刊

咬《か》む狼《おおかみ》 幕末御用盗

峰隆一郎

「わしの江戸を荒らすな!」——。西郷隆盛への怒りと浪人に斬殺された人斬りの友への思い。幕府が倒れても多門は斬人剣を振るう。幕末を舞台に熱気迸る、書き下ろし人気シリーズ最終巻。

●好評既刊

唐丸《とうまる》破り 血しぶき三国街道

峰隆一郎

白河藩の納戸役だった印堂集九郎は、六年前に藩士を斬って出奔、江戸で浪人生活の陰で辻斬りをしていた。ある日商家から高額の報酬で無宿人の救出を依頼されるが……。書き下ろし新シリーズ。

●好評既刊

剣に賭ける

津本 陽

男はいつか、すべての存在をかけた剣を抜く! 井伊直弼暗殺を遂げた水戸藩士など命のやりとりに身をさらした剣士たちの潔い覚悟を描いた士道小説八編。文庫オリジナル。

●好評既刊

則天武后(上)(下)

津本 陽

史上最強国家「唐」に君臨した女帝・則天武后は先代後宮から身を起こし、強大な軍や狡猾な官僚を従わせ、わが子をも殺し尽くした! 時代小説作家の第一人者の最初にして最高の中国歴史小説。

骨《ほね》喰《ば》み
天《てん》保《ぼう》剣《けん》鬼《き》伝《でん》

鳥《と》羽《ば》亮《りょう》

平成12年12月25日　初版発行

発行者――見城　徹
発行所――株式会社幻冬舎
〒151-0051東京都渋谷区千駄ヶ谷4-9-7
電話　03（5411）6222（営業）
　　　03（5411）6211（編集）
　　　振替00120-8-767643

印刷・製本―図書印刷株式会社
装丁者――高橋雅之

幻冬舎文庫

ISBN4-344-40047-X　C0193　と-2-2